BALDÍAS

LAS FAUCES
DE FUEGO

EL OASIS

EL BOSQUE DE LOS HUESOS

KORA SPARKS

EL DRAGÓN PERDIDO

MARTA CONEJO

KORA SPARKS

EL DRAGÓN PERDIDO

B DE BLOK

Papel certificado por el Forest Stewardship Council®

FSC® C117695 MIXTO Papel | Apoyando la silvicultura responsable

Penguin Random House Grupo Editorial

Primera edición: mayo de 2025

© 2025, Marta Conejo Sánchez
© 2025, Penguin Random House Grupo Editorial, S. A. U.
Travessera de Gràcia, 47-49. 08021 Barcelona
Diseño de la cubierta: Penguin Random House Grupo Editorial / Silvia Blanco
Ilustración de la cubierta: © Beatriz Castillo

Penguin Random House Grupo Editorial apoya la protección de la propiedad intelectual. La propiedad intelectual estimula la creatividad, defiende la diversidad en el ámbito de las ideas y el conocimiento, promueve la libre expresión y favorece una cultura viva. Gracias por comprar una edición autorizada de este libro y por respetar las leyes de propiedad intelectual al no reproducir ni distribuir ninguna parte de esta obra por ningún medio sin permiso. Al hacerlo está respaldando a los autores y permitiendo que PRHGE continúe publicando libros para todos los lectores. De conformidad con lo dispuesto en el artículo 67.3 del Real Decreto Ley 24/2021, de 2 de noviembre, PRHGE se reserva expresamente los derechos de reproducción y de uso de esta obra y de todos sus elementos mediante medios de lectura mecánica y otros medios adecuados a tal fin. Diríjase a CEDRO (Centro Español de Derechos Reprográficos, http://www.cedro.org) si necesita reproducir algún fragmento de esta obra. En caso de necesidad, contacte con: seguridadproductos@penguinrandomhouse.com

Printed in Spain – Impreso en España

ISBN: 978-84-10269-65-1
Depósito legal: B-4.690-2025

Compuesto en Comptex&Ass., S. L.
Impreso en Huertas Industrias Gráficas, S. A.
Fuenlabrada (Madrid)

BL 69651

Para mi sobrina Elia:
Que tu vida esté llena de dragones y aventuras.
¡No olvides que volaremos a tu lado!

Prólogo

Una historia he de contar, de cuando la tierra seguía viva
y hombre y bestia convivían en paz;
de la traición que al mundo trajo la oscuridad.

Estaba volando.

Escuchaba la canción como una melodía instalada en su cabeza pese a que el viento rugía a su alrededor, tan potente que la dejaba sin respiración. Se aferró con fuerza a las escamas del dragón, duras bajo sus guantes. A ambos lados volaban bestias parecidas a la que ella montaba; sus cuerpos eran enormes y estaban vestidos de todos los colores del arcoíris, aunque el del suyo era el único de un azul profundo. El movimiento de las alas y las colas vibraba en sus oídos.

El vértigo era cosa del pasado, así que no temió inclinarse para mirar al suelo, a cientos de metros de distancia. Sobrevolaban un lago que el sol llenaba de destellos dorados. Alrededor de la gran masa de agua se extendían largas praderas de un verde vivo llenas de frondosos árboles y arbustos. A pesar de la lejanía, pudo ver con claridad cómo los animales, de extrañas formas y colores intensos, corrían en manadas y desaparecían bajo las copas de los árboles.

Con un rugido tan potente que rivalizó con el propio viento, el dragón la avisó de que comenzaban el descenso. Todo su cuerpo tembló. Apoyó su pecho en las escamas del animal y escuchó los chasquidos que provocaban las alas al abrirse completamente para planear. Abrazada a su lomo, sintió que era parte de él, que sus propios huesos se perdían bajo su piel. El resto de los dragones eran muy diferentes entre sí: alargados, con alas finas y traslúcidas, tan grandes como las nubes, con unos dientes del tamaño de una persona. Todos se convirtieron en sombras proyectadas en el suelo, ya que ninguno más descendió con ellos.

El viento enmudeció cuando el gran cuerpo del dragón rozó el agua. El choque provocó que cientos de gotas surgieran en la superficie, brillantes como estrellas, y la empaparan. Su compañero plegó las alas y se quedó flotando en el agua. La melodía de la canción seguía danzando por su cabeza, pero se sentía confusa, como si las palabras hubieran perdido su significado.

Pegada a la laguna, se alzaba una extraña montaña en la que se distinguían huecos parecidos a ventanas y a puertas iluminadas. Gran parte de sus paredes estaban cubiertas del verde de la vegetación, con colores fosforescentes que brillaban con fuerza bajo el sol. Al acercarse distinguió un muro de piedra cubierto de líquenes y enredaderas, y, entre ellas, una gruta que parecía internarse al interior de la montaña y por la que continuaba el torrente del agua. Intentó ver más allá, pero, a diferencia del brillo que poseía todo, en su interior la oscuridad era densa. Peligrosa.

Un reino una vez lleno de esplendor,
por dragones de grandes alas y poderosas garras protegido,
que a su marcha se marchitó y cayó en el olvido.

Eran unas palabras bellas, cantadas por una voz cálida, pero que la llenaron de un temor inexplicable. Su instinto la hizo mirar atrás, como si la amenaza la hubiera agarrado de la espalda. Donde antes se extendía un lago lleno de vida y un bosque frondoso, ahora había oscuridad, como una noche sin luna. Solo se distinguía el fuego de los dragones, iluminando las armaduras de los soldados y sus lanzas, apuntándoles de vuelta. Quiso gritar, pero su voz no se escuchó. Entre los soldados distinguió varias siluetas vestidas con un uniforme de tela negra, decorado por remates dorados y el emblema de un árbol junto a un torreón: el emblema de la familia real. De sus dedos, llenos de anillos, también salían hilos de oro que se enrollaban alrededor de los dragones, haciéndolos caer.

Quiso volver, ayudar a los dragones, pero entonces su alrededor se desmoronó y una presencia desconocida tiró de ella para alejarla de allí.

Sintió que ella pertenecía a aquel lugar, como el dragón y toda su magia, pero no a aquel tiempo.

1

La esperanza que persiste en la adversidad es la más fuerte

Fue el calor que sentí al despertarme lo que me recordó que todo había sido un sueño.

Abrí los ojos empapada en sudor, pero con la boca seca. La luz se filtraba por los agujeros de la cortina y tardé unos instantes en entender lo que significaba: ¡la luz! ¡El sol ya había salido! Me incorporé con rapidez, desoyendo la canción que aún resonaba en mi cabeza.

¡Me había quedado dormida y llegaba tarde al mercado! Nana iba a estar furiosa.

Comencé a vestirme sin dejar que la urgencia me hiciera olvidar ningún complemento. Vivía en las Barriadas, un lugar muy seco donde el sol quemaba la piel y el suelo estaba enfermo. Toda precaución era poca: me puse capas y capas de ropa, los guantes —había que ir con cuidado al tocar cosas— y las gafas de gruesos cristales oscuros para que la arenilla que traía el viento no me cegase. Tropecé al colocarme las botas y apoyé la mano en la pared para no caer. Al hacerlo sentí el tacto áspero del papel arrugándose.

—¡Eh, Kora, cuidado con mis dibujos!

Me separé de un salto y me giré para mirar a la cama superior de la litera. Los ojos azules y curiosos de mi hermano me observaban desde allí con el ceño fruncido. Suspiré y volví a mis botas y a sus cordones, nerviosa por la conversación que, sabía, se avecinaba.

—Es imposible moverse sin tocar tus dibujos, Simón —alegué echando un vistazo a mi alrededor.

Las paredes estaban llenas de hojas de papel de diferentes formas y tamaños repletas de dibujos esbozados con ceniza. Apenas había color en las Barriadas, y tampoco éramos tan ricos como los nobles, así que no podíamos conseguir esas ceras para pintar cuadros. Pero, aunque solo eran siluetas oscuras, Simón tenía un don para el dibujo. Se podían distinguir los animales, algunos de los cuales habíamos visto en el mercado; otros provenían de las historias de Nana, nuestra abuela, como los caballos con una especie de cuerno en la cabeza o los grandes gatos alados…

A Simón le fascinaba dibujar dragones… El recuerdo de unas alas azules revoloteó en mi mente, imposible de atrapar. ¿Qué significaba ese sueño? A veces, las historias de Nana se sentían más reales que la vida en las Barriadas… Me obligué a volver a la realidad. ¡El mercado era lo importante! Debía conseguir lo que necesitábamos para sobrevivir esa semana y dejar de fantasear con aquellas historias para niños pequeños.

—Tenías que haberme despertado —le regañé nerviosa.

Nana estaría muy decepcionada si no conseguía los víveres. Simón rodó para bajar de su cama y se dejó caer en la mía. Sus movimientos levantaron una nube de polvo que me hizo toser.

—¿Puedo ir contigo?

Aunque esperaba su pregunta, el corazón me dio un vuelco al escucharla. No podía hablar en serio. Le miré. Él leyó mi rostro y se cruzó de brazos.

—Nana y tú sois unas aburridas —murmuró haciendo un puchero. No había tiempo para tener de nuevo esa conversación—. Que si el sol quema mucho, que si hay que tener cuidado con la tierra, que si no debo salir de noche… ¡No quiero quedarme en el patio! ¡Es enano y no hay nada interesante!

No me detuve. Mientras salía de la habitación y comprobaba por última vez que lo llevaba todo, Simón me siguió a cada paso con los ojos llenos de esperanza. No quería ser dura con él, pero la realidad fuera de casa era peligrosa y él era tan pequeño que no se daba cuenta.

—Lo hacemos por tu bien —contesté enfadada por su insistencia—. Cuando crezcas un poco más, te coseremos ropa resistente y podrás salir más tiempo.

—Pero…

No le dejé terminar: abrí la puerta, corrí la pesada cortina opaca y le miré de soslayo.

—¡Quédate aquí hasta que vuelva Nana!

Cerré antes de escuchar sus quejas.

Me coloqué el pañuelo tapándome la boca y la nariz, y me preparé para sentir el golpe de aire caliente al doblar la esquina. El paisaje parecía cambiar cada día sin que apenas te dieras cuenta: la gente construía en cualquier lugar libre, pero asegurándose siempre de dejar espacio para deambular entre las callejuelas. Era un laberinto y tenías que conocerlo bien si no querías perderte. Yo sabía moverme por él y llegar a la Zona Alta, donde se encontraban el mercado y la puerta de la Ciudadela, la capital de todo nuestro reino, Eldagria. Incluso si me dejaran en el otro extremo de las Barriadas, estaba segura de que no me perdería.

El sol brillaba con fuerza en el cielo. Cada respiración me quemaba la garganta y el calor aplastaba mis hombros como si llevase la pesada armadura de un guardia. Avancé todo lo rápido que pude y escalé la pequeña pendiente que me separaba de mi destino, aliviada al escuchar los gritos de los mercaderes. En la Zona Alta no vivía nadie, se usaba como mercado o como tribuna desde la que la familia real transmitía sus mensajes a la población. Ah, y también era una de las pocas entradas a la Ciudadela.

Solía detenerme a admirarla: un acantilado separaba las Barriadas de la Ciudadela, la fortaleza en la que vivía la familia real; estaba tan elevada que te dolía el cuello al mirar. La escalinata que llevaba a ella era de un color blanco brillante y estaba custodiada a ambos lados por guardias que vestían el azul real. El contraste con mi mundo era tan doloroso como un mordisco: allí todo estaba impecable, había vidrieras de cristal e incluso alguna que otra enredadera, mientras que, abajo, el polvo y el calor lo consumían todo. Nunca podría entrar en la Ciudadela: era solo una poblo y aquel lugar estaba reservado para la familia real y los noblos, sus ayudantes.

Quise imaginarme sus casas, llenas de colores. A veces ellos descendían desde la Ciudadela, resplandecientes con sus ropas sin remiendos. No envidiaba sus lujos, pero sí la tranquilidad de vivir en un lugar como aquel, lejos de las Tierras Baldías por las que las Barriadas también se extendían sirviendo de barrera.

¡Kora!, el mercado. Los víveres. No podía perder más tiempo. ¿Cómo me había podido dormir hoy?

Seguí mi ruta habitual. Primero visité a Jesse, un granjero que vendía de todo. Sentí alivio cuando conseguí una pequeña bolsa de frutas y verduras, aunque no dejé que la emoción me nublara el juicio y revisé cada una de ellas: no tenían manchas negras y brillantes...

—Las recolecto aquí, en las Barriadas —me recordó Jesse. Apenas quedaban frutas en la caja—. Yo mismo las como, así que preocúpate el día que no aparezca...

La muerte y las enfermedades eran comunes, pero a mí me aterraban, y tanto mi abuela como las historias que escuchaba en las calles me hacían desconfiar y tomar mil medidas. Saqué del bolsillo una piedra pequeña, del tamaño de mi uña, y la pasé sobre la piel de la fruta, con los guantes puestos. La superficie de la piedra era de un color rojo apagado, apenas distinguible. Si aquellas frutas tuvieran enfermedades, el amuleto se cambiaría a un rojo intenso, como la sangre. Contuve el aliento mientras lo pasaba por todas las piezas, pero la piedra mantuvo su color. Sonreí por debajo de la tela y agarré la bolsa con fuerza.

—¿Cuánto te debo? —pregunté sin sacar las pocas monedas que tenía.

Jesse meneó la cabeza.

—Tu abuela Sara me dio unos ungüentos para la herida de la pierna. Considéralo pagado, pero no se lo digas, que ya sabes cómo se pone…

Sonreí. Nana era seca y pocos vecinos se atrevían a acercarse; pero, cuando alguien estaba herido o enfermo, siempre me mandaba llevarles una cura. Parecía saberlo todo de todo el mundo. Me fui de allí y seguí mi paseo en busca de especias y hierbas. Tenía la lista en la cabeza, ya que Nana me estaba enseñando las hierbas medicinales y sus usos. Conseguí todo menos la corteza de acacia, que ya se había agotado.

Me dirigí a casa sin entretenerme. Ya notaba el picor doloroso del calor y el polvo en la piel. Nunca me quedaba dormida y tenía que hacerlo el día de mercado…

—Pst, pst.

Me tensé al escuchar aquella llamada y busqué de dónde venía. Un hombre larguirucho estaba apoyado en una pared, a pocos pasos de mí. Miré a mi alrededor por instinto, recordando al dedillo a dónde llevaba cada camino en caso de que necesitara escapar. El hombre se acercó y distinguí el color anaranjado de su piel; entonces mis piernas flaquearon y una oleada de miedo recorrió mi espalda: era un baldo, un habitante de las Tierras Baldías.

Una muralla de piedra y troncos separaba las Barriadas de aquel lugar árido y enfermo en el que nadie se adentraba por gusto. Los baldos sí cruzaban, lejos de la vista de los guardias. Eran los únicos que se atrevían a vivir en esas condiciones. Sabía que no debía hablar con ellos, era peligroso, y, si alguien me veía, las cosas podían ponerse feas.

En su mano llevaba una especie de cofre tan pequeño que le cabía en la palma.

—He visto que has comprado hierbas medicinales... Vendo huesos de dragón. Si los mueles, puedes usarlos en cualquier ungüento y poción, para las peores enfermedades...

El hombre también miraba a su alrededor, consciente de lo peligroso que era lo que me ofrecía. Los dragones no existían, por muchas leyendas que Nana contara y Simón creyera. Mi familia no era la única que contaba esas historias, mucha gente parloteaba del poder inmenso de los dragones y otros seres majestuosos, ¡pero todos sabían que eran solo cuentos! Por eso la Ciudadela consideraba ilegal vender cualquier cosa relacionada con los dragones o metales que, según algunos, evitaban las enfermedades. Eran un timo para los más débiles.

—Aléjate —advertí sin mucha seguridad.

El baldo no me hizo caso. Encogió los hombros y extendió la mano con la pequeña caja hasta conseguir colarla en mi bolsa de la compra. Di un respingo, aterrada ante la idea de que me tocase y me contagiase alguna enfermedad de las Tierras Baldías, las mismas que pululaban por las calles. Tropecé al alejarme: si la guardia me veía con un baldo, me metería en problemas. El hombre parecía tener las mismas preocupaciones porque se colocó la capucha para cubrir su rostro.

—Es una pequeña muestra —susurró rascándose el pelo rubio ahora cubierto—. Si te interesa, suelo estar aquí cuando hay mercado…

Se dio la vuelta y desapareció como una sombra, sin hacer ruido. Tuve que respirar hondo un par de veces antes de mirar a las callejuelas. Comprobé que llevaba puestos los guantes, las botas bien atadas y el pañuelo tapando la boca y la nariz.

Solo entonces me atreví a buscar en el interior de mi cesto: por suerte, la fruta y las hierbas estaban guardadas en su propia bolsa y no habían tenido contacto con el cofre. Cogí con dos dedos la cajita y recordé la canción de mi sueño, el dragón sobre el que iba montada, su fuerza… ¡No! No podía caer en esa charlatanería. Tiré la cajita en un rincón: era la única prueba de mi contacto con el baldo. ¿Acaso las historias de Nana también habían entrado en mi cabeza? No debía permitirlo.

Tenía que ser cauta, como Nana me había enseñado. Temer las enfermedades, porque la mayoría eran incurables, como las que se habían llevado a nuestros padres cuando éramos pequeños. Solo con imaginar que algún miembro de mi pequeña familia pudiera contagiarse… No quería pensar en qué haría Simón si yo faltaba. O en qué haría yo si me quedara sola.

Corrí a casa. Siempre que pensaba en las enfermedades tenía la necesidad de confirmar que tanto Nana como Simón estaban sanos y salvos. Al torcer la última esquina, con la boca abierta para dejar entrar algo de aire, volví a encontrarme con el baldo. Esta vez estaba apoyado sobre una de las rejas de mi casa, aún con la capucha sobre la cabeza. Sus labios se movían, como si hablara con alguien, y en la mano tenía una cajita parecida a la que yo había tirado calles atrás.

2

Nunca te acerques a un baldo

Cuando el baldo me vio se alejó de la reja y yo, para mi propia sorpresa, me acerqué a él. Era peligroso, sí, pero más lo era para mi familia. ¡Y estaba en la puerta de mi casa!

—¡Fuera! —grité, y mi voz se ahogó antes de terminar la palabra.

No se resistió. Los baldos eran huidizos, sabían el riesgo que suponía estar allí dentro. Cuando crucé la entrada y fui al estrecho patio, me encontré a Simón. Yo estaba sin respiración, tan asustada que mi boca no se abrió. Simón seguía cerca de la reja, pero levantó las manos al verme.

—¡Me ha hablado él!

La tensión que sentí al pensar que podía haber ocurrido algo encendió en mí un enfado protector. Noté mis mejillas ardiendo, y no por el calor.

—¡Es un baldo! Solo saben vender mentiras y peligros, Simón. —Pensé en la cajita que el baldo tenía en la mano para mi hermano, idéntica a la que me había dado a mí—.

¿Qué ibas a hacer? ¿Comprarle, con lo poco que tenemos, un hueso cualquiera?

Simón balbuceó. Antes de que pudiera responder, apareció Nana por la puerta de casa, curiosa por los ruidos. Ambos la miramos; sus ojos, bien abiertos por la sorpresa, desentonaban con su piel oscurecida y envejecida por la edad y el sol. Llevaba el pelo grisáceo recogido en un moño que acentuaba la delgadez de su rostro.

—¿Qué pasa aquí? —Meneó la cabeza antes de que pudiese hablar—. Entrad en casa y me lo contáis.

El patio era muy pequeño. Conectaba con la calle a través de un ventanuco enrejado y, por encima de nuestra cabeza, estaba cubierto por un toldo que yo misma había montado para proteger la tierra del sol abrasador. En el suelo, Nana cultivaba sus hierbas aromáticas, pequeños ramilletes verdes que se esforzaban por crecer. Eran lo único que habíamos conseguido cultivar en un ambiente tan seco.

Miré de soslayo a mi hermano, sus labios apretados por la discusión. Él entró con los brazos cruzados, sin mirarme ni un instante. Nana volvió a sentarse en la pequeña mesa donde comíamos, aunque ahora tenía todas sus hierbas colocadas en orden sobre una tela vieja que servía de mantel. Dejé allí la bolsa con la compra y, mientras nos observaba, sacó de ella las hierbas y las juntó con el resto. La casa siempre olía muy bien cuando Nana trabajaba con ellas.

—¿Y bien? —Empezó a moler las hierbas con ayuda de las manos y de una piedra, y nos miró a ambos con el ceño fruncido—. ¿Quién me cuenta qué ha pasado?

Simón era rápido con las historias inventadas; era lo que tenía escuchar tantas.

—He visto a Kora por la ventana y he ido a la puerta a saludarla…

—¡Oh, Simón! —Me clavó los ojos con las mejillas cada vez más encendidas. Miré a mi abuela—. Estaba hablando con un baldo, Nana.

—¡Me ha hablado él! —se defendió Simón.

—Pues, si te habla uno de esos, te quedas en silencio y entras en casa. ¡Solo saben usar la lengua para mentir! —Era tan lógico que no sabía por qué tenía que explicarlo.

—¡Saben más cosas de las que tú te crees! —Simón elevó la voz y apretó los puños.

Nana nos escuchaba sin interrumpir, encorvada sobre la mesa mientras hacía sus emplastos. Fue su suspiro impaciente lo que nos hizo callar a los dos.

—Los baldos son peligrosos —dijo mi abuela. Asentí con fuerza al escuchar su voz firme, su mirada puesta en Simón—. Muchos se cuelan aquí con engaños y harán lo que sea, con quien sea, para conseguir su beneficio. Y nadie moverá un dedo por ti.

—¡Te lo he dicho mil veces! —insistí, aún con el cosquilleo del miedo en mi pecho—. Si están al otro lado de la muralla, es por algo.

Simón agachó la cabeza.

—Solo quería escuchar… No iba a hacer nada —murmuró cabizbajo.

Nana volvió a suspirar y se levantó para acercarse a Simón. Se sentó a su lado y observó a su nieto con aire pensativo. Yo también lo hice: Simón era un constante dolor de cabeza.

—Lo sé. Pero hay muchas formas de caer en una trampa. Yo he visto a muchos así. Gente que quería saber más, pero no eran lo suficientemente precavidos para este mundo.

El silencio fue pesado. Simón se echó hacia atrás, como si aquellas palabras hubieran sido un puñetazo. Hasta yo misma me sentí dolida: las Barriadas demostraban, día a día, que eran un lugar peligroso. Pero escucharlo de mi abuela, de la persona que nos había cuidado, lo hacía mucho más real. Nana nos miró a los dos y sonrió con una ternura cálida que no encajaba con una conversación tan fría. Pero funcionó.

—No quiero que dejes de soñar, Simón. —Le acarició la mejilla y distinguí el brillo de una lágrima surcando el rostro de mi hermano—. Los sueños te mantienen vivo. Solo tienes que aprender a protegerlos, a no correr detrás de la primera persona que te dice que puede cumplirlos.

Pensé en mis propios sueños. Eran un escape de la realidad, me hacían sentir fuerte y feliz. Durante unos instantes, pude entender a Simón, su deseo de que los sueños no acabaran al despertarse, y me removí en el sitio, incómoda.

—No puedes fiarte de cualquiera. —Mi voz era débil, pero tan clara que ambos me miraron—. Ahí fuera no hay nadie que se preocupe por ti tanto como lo haremos nosotras.

Mi abuela sonrió.

—Tu hermana lleva razón, ya habíamos mantenido esta conversación antes —dijo con resignación—. Por eso debes aprender a cuidarte, y también a cuidar tus ideas. Todas tienen valor, y un precio. —Le dio un golpecito en el pecho, a la altura del corazón. Se levantó y volvió a la mesa—. He vivido mucho, he visto más cosas de las que quisiera recordar... Pero también sé que hay gente fuera que lucha por hacer lo correcto y no espera nada a cambio, personas que marcan una diferencia, aunque sea pequeña, en este mundo. Vosotros lo haréis, me lo dice mi intuición.

Tuve que coger una bocanada de aire ante aquel peso que había puesto mi abuela sobre nuestros hombros. ¿Yo? Yo luchaba por mi familia. No era como Nana, que se pasaba el día trabajando en ungüentos que regalaba a quien lo necesitaba. Tampoco era Simón ni tenía su valiente cabezonería. Solo era una chica de las Barriadas que buscaba pasar inadvertida y alejarse tanto de los peligros como de sus consecuencias. ¿Qué diferencia podía marcar yo?

3
En el rojo no confíes ni en aquel que porta rubíes

Tras el desencuentro con el baldo, los siguientes días pasaron sin más incidentes, aunque yo no pude evitar estar atenta a Simón. Por la mañana no me habló, pero luego volvió a sus dibujos, a su insistencia para que Nana le contase historias mientras trabajábamos con las hierbas medicinales o en el pequeño huerto que teníamos en el patio, a la sombra. Daba igual lo que pasara o lo que le dijéramos, sus ojos brillaban con una curiosidad insaciable por el mundo que había más allá de las paredes de su hogar.

Especialmente aquel día: los noblos habían anunciado una pequeña exposición en la zona del mercado, que siempre venía acompañada de alguna nueva norma por parte de la familia real.

Me vestí sin hacer ruido. Miré a Simón antes de irme: desde que se enteró de que habría una exposición, había tenido un comportamiento modélico, pero volvió a enfadarse cuando le dije que no le dejaría venir. Ahora estaba hecho un ovillo, de espaldas a mí, respirando con tranquilidad. Sonreí con alivio y me estiré para darle un beso en la coronilla. Sería cabezón, sí, pero era mi hermano.

Al llegar, los vecinos estaban atentos, expectantes. Todos murmuraban sobre los posibles objetos de la exposición, hasta que sonaron las trompetas que indicaban que alguien descendía de la Ciudadela. La gente se giró hacia la hermosa escalera blanca por donde avanzaban los guardias de peto azul y armadura portando el emblema dorado y negro de la familia real. Los seguían varios nobles que hablaban entre ellos y reían con tranquilidad. Quise irme, pero mis ojos no podían apartarse del color brillante de sus ropas, de los amuletos que colgaban en sus cuellos y que los protegían, de sus pieles más claras y cuidadas que las nuestras. Algunos de los guardias llevaban objetos cubiertos con telas rojas, pero aquello no era nuevo.

De vez en cuando, la Ciudadela exponía objetos interesantes que tenían en el Palacio Real o en las casas de los nobles, como joyas de metales extraños y brillantes, cuadros de vivos colores o incluso animales.

Uno de los nobles se encaramó a la plataforma elevada y abrió los brazos para llamar nuestra atención. Todos conocíamos a Caius Silverfall: era uno de los más críticos con los baldos y el más severo con quien osaba adentrarse en las Tierras Baldías. Tenía el rostro enjuto y una barba de chivo de color plateado, como su pelo largo. Su sonrisa era falsa, porque el brillo de felicidad no llegaba a sus ojos verdes.

Sentí un escalofrío al verlo y me preparé para recibir malas noticias.

—¡Estimados vecinos! —Sus manos lucían varios anillos de un color blanco apagado, aunque uno de ellos llevaba un rubí en el centro—. Ha llegado a mis oídos la presencia de baldos por las calles sembrando el miedo y la inseguridad. Debéis recordar lo que son y todo lo que traen de fuera. ¡Son un peligro para todos nosotros!

Caius aprovechó el silencio para mirarnos con las manos entrelazadas. Su expresión era dura, ya sin un atisbo de sonrisa. Los guardias iban desplegando los bultos en pequeñas mesas.

—Hemos reforzado la vigilancia en las murallas, también las protecciones ante las Tierras Baldías, pero los baldos siempre encuentran la manera de colarse. Comerciar con ellos está penado con prisión. Y salir... —Levantó una comisura en un gesto de diversión—. Bueno, salir implicaría la muerte. No hay peor castigo, supongo.

Contuve el aliento y, aunque había tirado la cajita con el hueso, sentí que los ojos de Caius se posaban sobre mí, como si aquel error me hubiera dejado un olor distinguible. La vista del hombre se perdió en el tumulto y la sonrisa tirante y desagradable volvió a su cara.

—Y, ahora, ¡disfrutad de la exposición! Hemos traído varios objetos interesantes, algunos de ellos con más de un siglo de antigüedad...

Mis ojos se clavaron en un cuadro bellamente pintado. Se trataba de una mujer de pelo dorado y ropas de color esmeralda sobre un fondo azul y blanco. Tenía la mano extendida hacia un lado, como si ofreciera algo, pero allí no había nada más: el cuadro se cortaba a pocos centímetros de sus dedos, sembrando el misterio.

Cuando pasó un tiempo prudencial para no parecer sospechosa, deshice el camino y apreté el paso para volver a casa. Por culpa de la exhibición, las calles estaban atestadas de gente y, al ser tan estrechas, me obligaban a detenerme y a apartarme, a buscar rutas diferentes para no cruzarme con más personas de las necesarias. Llegué más tarde de lo que esperaba y mis pies se detuvieron al torcer la esquina, preparada para ver al baldo con capucha de nuevo. O peor, a los guardias con la cajita del hueso, listos para detenerme.

En su lugar, me encontré a mi abuela, con el moño tan despeinado que parecía haberse despertado en ese mismo momento. Miraba a todos lados con las manos temblorosas. Cuando me vio, sus ojos se detuvieron y me estudiaron, como si buscara algo cerca de mí.

—¡¡Kora!! ¡¡Kora!! —Se acercó a mí con paso renqueante, todo lo rápido que pudo—. Menos mal que has llegado...

Mi abuela agarró mi brazo con fuerza, tanta que me hizo daño.

—Nana, ¿qué pa...?

—Simón. —Pude distinguir el miedo en sus ojos a través del cristal tintado de mis gafas—. Se ha ido. No está en casa.

En ese instante supe que las pesadillas tenían piernas y brazos, y que podían entrar en mi casa.

Mientras corría por las estrechas calles de las Barriadas, pensaba en las últimas conversaciones con Simón, en todas las cosas de las que me iba a arrepentir si no le encontraba: de mis palabras, de ser tan dura con él, de decirle siempre que no cuando me suplicaba salir conmigo de casa… Me preguntaba qué es lo que le había empujado a escaparse, si lo había hecho para llevarme la contraria e ir en busca del baldo o para dejar de sentirse un estorbo.

—¡Simón! —grité con voz temblorosa, mirando en todos los rincones—. ¡Simón!

La gente me esquivaba o cerraba las cortinas. Nadie quería tener más problemas; la falta de agua, el calor y las enfermedades ya eran suficiente preocupación.

Volví a la Zona Alta resollando y pregunté a todos los vecinos, balbuceando como pude. El sol iba a llegar a su punto más alto y los poblos sabíamos que era una locura estar en la calle en ese momento. Comenzaba a ser complicado encontrar una sombra donde detenerse unos instantes y, si yo ya sentía mi piel arder, temía más por Simón. ¿Y si había salido para demostrarme que su ropa era resistente? ¿Y si yo era la culpable de todo aquello? No, no podía perderle.

Giro tras giro, calle a calle, llegué a la frontera de las Barriadas: la muralla antigua. Aquella construcción nos separaba de las Tierras Baldías, donde no quedaba nada. Con el corazón agitado, intenté encontrar una grieta por la que mirar más allá, temerosa de que Simón hubiera dado con la forma de cruzar, de que todo lo malo que vivía allí lo hubiera capturado y yo solo me encontrara con su juguete favorito tirado en el suelo.

La muralla de piedra tenía tres metros de altura y se había construido hacía tantísimo tiempo que nadie sabía cuántos años llevaba allí o por qué tenía pequeñas piedras doradas en las almenas. Había zonas que habían sufrido derrumbes, pero, en general, la construcción era sólida y fuerte: nuestra mayor protección contra el peligro.

Contuve el aliento al encontrar un pequeño hueco entre dos piedras y entrecerré los ojos: al otro lado, la tierra era oscura y gruesa, con los esqueletos de los árboles como únicas sombras. A pocos metros, se alzaba una colina, así que no podía ver nada más. Pensé entonces en escalar, en subir para atisbar algo por encima de la colina. No sabía cómo conseguirlo, pero no paraba de rogar por que Simón no se hubiera ido para allá…

—¡Kora! —escuché—. ¡Ko…! ¡Ay, mi oreja!

Mi cuerpo lo entendió antes que mi cabeza, porque noté cómo se relajaba la tensión de mis músculos. Me giré para confirmar, con el corazón en el puño, que esa voz era la de Simón. El alivio me duró apenas unos instantes, lo que tardé en ver que a su lado caminaba un guardia que lo agarraba de la oreja. Cuando estuvieron a pocos pasos de mí, empujó a Simón y lo hizo caer a mis pies. Al lado de aquel hombre, parecía tan pequeño…

Me abalancé sobre mi hermano para abrazarlo, sin importarme lo que pudiera hacerme aquel guardia, ahora con los brazos en jarra y expresión enfadada.

—¿Lo conoces? —gruñó, y su armadura formó un sonido metálico al señalar a Simón.

Miré a mi hermano: llevaba puesta su capa con la capucha, un pañuelo que le cubría el rostro y unas gafas tintadas que le quedaban pequeñas, como le habíamos enseñado. Con una mano se frotaba la oreja por la que el guardia lo traía agarrado. Contuve la respiración y también unas lágrimas de pánico: no llevaba guantes y estábamos cerca de las Tierras Baldías, tanto que quizá el peligro se colaba por debajo de la muralla o entre los huecos…

—¡Eh! ¿Me has escuchado? —El guardia estaba perdiendo la paciencia.

Cogí a Simón de la muñeca y tiré de él para levantarle. La valentía que había sentido segundos antes se esfumó al ver su capa marrón. Su uniforme estaba sucio en comparación con el de los guardias de la Ciudadela. Parecía de los que rondaban las Barriadas para cazar a cualquiera trapicheando o fisgando cerca de la muralla.

—Es mi hermano pequeño —murmuré con la cabeza agachada.

Simón continuaba frotándose la oreja, con el brazo tenso.

—Pues tenedle bien vigilado —aseveró—. Le he visto husmeando por aquí. Y da igual la edad que tenga, comerciar con baldos está prohibido. Hoy Caius lo ha dejado claro, así que si vuelve a pasar…

—¡No estaba haciendo nada de eso! —Di un respingo al escuchar a Simón. Incluso el guardia parecía sorprendido—. Estaba buscando un con...

Tiré de su brazo para que se callara. Teníamos mil problemas más, no necesitábamos enfadar a la autoridad.

—Hemos aprendido la lección —murmuré mientras apretaba fuerte su muñeca. Sirvió, porque no habló más—. No volverá a ocurrir.

El hombre nos miró unos instantes antes de chasquear la lengua con impaciencia y darse la vuelta para reanudar su patrulla. Esperé unos segundos antes de girarme hacia mi hermano. Simón seguía con los ojos puestos en el guardia que se alejaba, con el ceño fruncido en una expresión de desafío. Tuvo que oír mi respiración enfadada, porque al final cedió.

Sus ojos azules se abrieron de par en par detrás de las gafas.

—Había un conejo, Kora. —Pese a lo que le había pasado, sonrió—. ¡Un conejo así de grande, y de color blanco, con la cola gris...!

Yo no podía apartar mi mirada de sus manos desnudas, enrojecidas por el sol. El miedo se convirtió en una sensación pesada en mi estómago que amenazaba con hacerme llorar.

—Volvamos a casa —le interrumpí con voz cansada—. Nana estaba muy preocupada. Y yo también.

Nana estaba hablando agitadamente con uno de los vecinos cuando nos vio llegar. Ni siquiera se despidió y se acercó a nosotros tan rápido como pudo hasta agacharse al lado de Simón, intentando descubrir signos de heridas o rasguños. Mi hermano esperaba una regañina larga y detallada, pero Nana solo suspiró.

—Menos mal que estáis bien —dijo—. Pasad a casa, tenéis que estar ardiendo…

Yo había estado tan preocupada por mi hermano que no reparé en el calor asfixiante de la calle hasta que dejé de sentirlo cuando Nana cerró la puerta. Simón y yo nos deshicimos de la ropa en silencio. Él intentaba esquivar mi mirada, algo muy complicado en una habitación tan estrecha como la nuestra. Pero lo consiguió y se fue a la sala de estar dejándome a solas con mis pensamientos.

Me senté en mi colchón y noté cómo mis manos temblaban. ¡Mi cuerpo entero seguía estremecido de miedo! Un par de lágrimas se escaparon al pensar en lo cerca que había estado de perder a la mitad de mi familia; solo me quedaban Nana y él. Me limpié con el dorso de la mano mientras paseaba la mirada por los dibujos de Simón. Una parte de mí quería arrancarlos: caballos con cuernos, lagartijas enormes, dragones… ¡Nada de eso existía!

Me tumbé en la cama con los puños cerrados y noté un pinchazo en la espalda. Me separé rápido y suspiré al encontrarme el juguete favorito de mi hermano: un dragón tallado en madera. Bueno, él decía que era un dragón: lo teníamos desde muy pequeños y Nana nos había dicho que había sido un regalo de mis padres, por lo que ambos le teníamos un cariño especial. Simón se había encargado de catalogarlo como un dragón y con los años le había añadido detalles; un cuello más alargado, las escamas del cuerpo... Simón tenía tanta imaginación que contagiaba su visión de las cosas.

Simón quería salir de casa para vivir sus fantasías, ajeno a la realidad, pero yo solo había disfrutado de ellas entre aquellas cuatro paredes. Cuando me hice mayor y comencé a hacer recados por las Barriadas, me di cuenta de que aquel mundo mágico del que Nana nos hablaba no eran más que cuentos infantiles. Como mis sueños: podían parecer muy reales, pero desaparecían al despertar.

Dejé el juguete en la cama de Simón y me aseguré de que no se notara que había llorado antes de reunirme con él y con Nana.

Cuando anochecía, el calor se marchaba y daba paso a un frío que se colaba por la piel y congelaba los huesos. Por eso Nana abría todas las ventanas cuando atardecía: aunque el calor era agotador durante unos minutos, al caer la noche y cerrar la casa, podíamos estar a gusto al menos un par de horas.

Después tocaba encender la chimenea.

Yo estaba remendando mis pantalones, mientras que Nana, al otro lado de la habitación, curaba por tercera vez las manos de Simón. Mi hermano seguía sin dirigirme la palabra.

—Menos mal que tenemos makarela de sobra y rebajará la quemazón —murmuró mi abuela. Aún no se había recuperado totalmente del susto, pese a su gesto de concentración. Masajeaba las pequeñas manos de Simón con cuidado. Me fascinaba ver la diferencia entre la piel tersa de mi hermano y la de mi abuela, tan arrugada—. No toques nada durante diez minutos…

Simón no se quejó. Sabía perfectamente que había cometido un error saliendo a la calle, y además sin protegerse las manos. ¡Y para perseguir un conejo! Bufé ante mi propio pensamiento.

—Espero que haya merecido la pena ponerte en peligro —solté sin poder controlarme.

Sus mejillas se encendieron hasta tener el mismo color rojizo de sus manos. Entonces sí que me habló.

—¡Era un conejo! —Dejé caer los hombros con aburrimiento. Había perdido la cuenta de cuántas veces lo había dicho—. Estaba comiendo de la basura que ha dejado fuera Nana… ¡Quería que lo vierais!

—¡Casi te cuelas en las Tierras Baldías! —le recordé a gritos. Mi preocupación se había convertido en impotencia—. ¿No te das cuenta de lo arriesgado que es?

«Y solo para tener otro dibujo», pensé, pero mis labios se cerraron y contuve las palabras. Nana se interpuso entre nosotros.

—Simón, tu hermana tiene razón. —La seriedad de sus palabras era más amarga que mi enfado—. Pero ya estamos todos en casa, sanos y salvos. Eso es lo que tenemos que recordar.

Casi todo el tiempo, Nana era cauta. Nos recordaba lo importante que era protegernos y desconfiar de todo. Pero, a veces, se atrevía a contarnos historias de tiempos pasados, cuando salir a la calle no daba miedo y las flores crecían entre el empedrado. A mí me parecía una tontería hacernos creer que algo así había existido, pero era el único momento en el que a Nana le brillaban los ojos con un rayito de esperanza.

—No volveré a hacerlo —musitó Simón.

Respiré aliviada y Nana asintió con expresión seria. Se acercó a la chimenea, ahora en ascuas, y se hizo con la pesada olla de metal que contenía nuestra cena. Me acerqué a ayudarla, aunque ella negó con la cabeza y señaló la chimenea con la barbilla.

—No te preocupes. Tú aviva el fuego.

El fuego. Incluso la propia palabra me causaba un terror que me dejaba paralizada. Solo tuve fuerzas para girarme y enfrentarme al brillo anaranjado de las ascuas. Con el aire adecuado, esas pequeñas chispas explotarían en una llamarada, tan ardiente como dolorosa, que escalaría por la pared y devoraría todo a su paso hasta que no quedara nada... Di un paso hacia atrás sin querer.

Simón soltó un suspiro antes de levantarse y pasar a mi lado.

—Ya lo hago yo —murmuró cabizbajo—. Total, ya se me han secado las manos.

Nana no dijo nada y observé a mi hermano pequeño, agachado al lado del fuego con el estropeado fuelle y varias ramas secas que yo había traído del mercado. Todo el enfado que sentía desapareció en ese momento.

No sabía por qué me daba tanto miedo el fuego, pero ni en mis sueños encontraba la valentía de enfrentarme a él. Era demasiado poderoso, demasiado impredecible, demasiado... salvaje. Nana me había repetido mil veces que nunca me había pasado nada cuando era pequeña; aun así, yo estaba convencida de que algo tuvo que ocurrirme. No tenía cicatrices, pero, cada vez que veía las llamas, sentía un picor por todo el cuerpo, incluso veía cómo mi piel se enrojecía, y me imaginaba las llamas descontroladas, acabando con todo...

Era un miedo irracional, lo sabía, tan inútil como los juegos de Simón o las historias para dormir; sin embargo, era incapaz de enfrentarme a él.

Nos sentamos en la mesa, donde Nana ya había servido los cuencos de sopa.

—Oye, Nana... —Los dos me miraron y Simón se tensó. Esperaba otra regañina, pero yo solo quería agradecerle su ayuda con el fuego. Y lo hice con la propuesta que más le gustaba—. Antes pensé en la leyenda de la caída de la princesa Jara, aunque creo que no la recuerdo muy bien...

Simón se enderezó con tanta rapidez que casi se le resbala el cuenco, tuve que contener la sonrisa. Nana me dedicó un gesto de agradecimiento; las dos sabíamos que aquella era la historia favorita de mi hermano porque hablaba de lo que más amaba de ese mundo: los dragones.

—¡Abuela, cuéntala! —Simón agarró la manga de Nana

con efusividad y después me señaló—: Y tú presta atención, por favor.

Nana relajó el ceño y asintió antes de hablar.

—La leyenda comienza en el reino de Dregana, un lugar tan luminoso y lleno de vida que el cielo azul estaba manchado por el color blanco de las nubes, tan hinchadas de agua que a veces caía sobre la tierra en forma de miles de gotas que creaban ríos y discurrían por las montañas… El suelo era verde, pero las flores lo teñían de cientos de colores y animales de todos los tamaños pisaban la tierra, volaban por el cielo o incluso flotaban sobre el agua. Las enfermedades no eran graves, bastaba con pasar un par de días en cama antes de volver a la normalidad.

Cerré los ojos y disfruté de la voz de mi abuela. Solo en sus historias se volvía melosa para atraparte en ellas.

—… Y todo era gracias a los dragones, unos animales tan grandes como altas son las murallas, con el cuello alargado y unas alas enormes pero ligeras como las hojas…

Recordé mi sueño. Toqué las escamas de aquel animal y sentí el rugido suave que producía su respiración. Sus ojos eran amarillos, excepto por una fina línea negra que hacía de pupila.

—Los dragones volaban a sitios lejanos y traían frutos tan jugosos que te saciabas con un solo mordisco. Ayudaban a los curanderos con las enfermedades más complicadas y, si algún mal espíritu rondaba por la ciudad, ellos lo ahuyentaban con sus colas. De noche, alzaban el vuelo y subían tan alto que se convertían en estrellas danzando en el cielo.

—¡Y los humanos también los ayudaban! —indicó Simón emocionado—. Les quitaban las ramas que se clavaban en sus patas o limpiaban sus enormes orejas…

Simón se sentía un habitante más de aquel reino de fantasía, así que evité poner los ojos en blanco delante de él.

—Pero llegó la princesa Jara. —Contuve el aire, como si no supiera el final de aquella historia—. Los habitantes del reino respetaban a los dragones y recibían el mismo trato de ellos. Vivían en un perfecto equilibrio. Hasta que la princesa Jara confundió su amor por esas criaturas con la obsesión y los celos. Al principio, se sentía triste cuando se alejaban volando y se marchaban a otras tierras; cuanto más tiempo pasaba, más sentía que moriría de tristeza.

»Les suplicó que se quedaran en tierra. Por su amistad con el rey y por mantener la armonía, los dragones comenzaron a volar solo de noche, para tranquilizar a la princesa. Con el paso de los días, eso tampoco sirvió. Azur, el dragón más cercano a los reyes y a la princesa, se sacrificó por los suyos y se quedó cerca de Jara. Permaneció en el castillo, encerrado por las noches, sin levantar nunca el vuelo.

Siempre me dolía escuchar aquella parte de la historia, quería hacer callar a Nana, me enfadaba que contara tan bien aquel cuento. Hasta yo sentía pena por Azur, por que tuviera que estar encerrado para cumplir los deseos egoístas de la princesa Jara.

—La princesa nunca tenía suficiente. Un día decidió que quería volar sobre el lomo de Azur, aunque sabía que solo unos pocos, elegidos por los propios dragones, podían considerarse jinetes. Jara quiso dominarlo, convertirlo en su montura. Pero Azur, cansado de aquel trato, se rebeló e hirió a la princesa de gravedad. Fue entonces cuando comenzó la Desbandada: los dragones volaron tan alto y se fueron tan lejos que la magia de la tierra se fue con ellos.

Nana terminó ahí la historia, a sabiendas de que Simón disfrutaba al pensar que los dragones eran seres orgullosos y nobles. Pero yo sabía cómo terminaba…

—¡Nana, Nana! —Simón era incansable—. ¿Y es verdad que las escamas de dragón pueden volver la tierra fértil?

Clavé los ojos en las llamas de la chimenea pensando en el verdadero final. La Desbandada, según aquella leyenda, fue la huida de los dragones. El rey Néstor, iracundo por ver herida a su hija, no tuvo piedad: mandó acabar con ellos. Muchos pudieron huir, pero no todos. Y, poco a poco, el mundo también fue muriendo. El sol golpeaba más fuerte y la tierra se volvió marrón y seca. Las enfermedades se volvieron más peligrosas y ya no nos dejaron en paz.

Era la historia de fantasía que se contaba a los niños para explicarles la dureza de las Barriadas o por qué las Tierras Baldías eran tan peligrosas. Cualquiera se quedaría con el mensaje de que había que ser precavido, pero Simón solo recordaba la parte más infantil, la que estaba llena de dragones voladores.

Nana continuó respondiendo a las preguntas de Simón con paciencia y creatividad. Me sorprendía que tuviera respuestas para todo. Me di cuenta de que mis sueños también se alimentaban de sus comentarios, que decían cosas como que los dragones brillaban hasta formar el arcoíris en el cielo, que sus ojos eran tan dorados como el sol, que les gustaban los acertijos, que sus rugidos podían hacer temblar la tierra a su alrededor…

Esa noche la cena se alargó. El fuego se fue apagando poco a poco y con él mi presión en el pecho al contemplar el color anaranjado de las llamas. A oscuras, dimos las buenas noches a la abuela y nos fuimos a nuestra habitación. Ayudé a Simón a subir a su cama y, ya arropados, escuché su respiración, más agitada que de costumbre.

—¿Simón? —le pregunté.

Quizá estaba soñando, embarcado en las historias de Nana. Nunca me había atrevido a hablar con él de mi sueño, no quería encender su imaginación.

—Te prometo que he visto un conejo —murmuró, y se le escapó una tos que, desde ese momento, me perseguiría tanto dormida como despierta.

4

No te eches a llorar si el oro ves brillar

La enfermedad avanzó por el cuerpo de Simón con tanta rapidez que cada día notaba un nuevo síntoma, sin importar los remedios que Nana usara: caldos nutritivos, hierbas, incluso infusiones de sabores amargos y asquerosos. Al principio, era una tos ronca que nacía de su pecho y formaba silbidos al respirar. Después, hasta coger aire era complicado, lo que hacía que Simón estuviera cada vez más débil.

Había pasado una semana cuando Nana decidió ir a buscar a uno de los curanderos de las Barriadas. Yo me quedé cuidando a Simón, ahora tendido en mi cama y con toda la habitación para él: no sabíamos qué enfermedad tenía, pero me daba la sensación de que el aire estaba cargado de ella y de que quedarse allí dentro era acabar igual de débil que él.

Cuando entré a verlo, lo hice con guantes y con mi pañuelo cubriéndome la boca y la nariz. Por suerte, estaba durmiendo, así que no tendría que sentirme culpable por negarme a quitarme el pañuelo de la boca. Simón seguía pensando que aquello no era más que un catarro, pero él no veía la expresión seria de Nana cada vez que salía de la habitación, su falta de palabras cada vez que le preguntaba su opinión. La casa nunca había estado tan silenciosa como en esos últimos días.

Había una silla al lado de la cama de Simón, en la que Nana pasaba día y noche cuidándole, así que se me hizo raro verla desocupada. Me senté, tan tensa que creía que la enfermedad de Simón iba a salir de su cuerpo para saltar sobre mí. Apreté los dientes al escuchar la fuerte respiración de mi hermano, al ver su palidez. Solo pensar en tocarle me provocaba un miedo punzante que se clavaba en mi pecho y no me dejaba respirar. Pero parecía tan frágil, tan indefenso…

Contuve el aire antes de inclinarme hacia él y coger su mano. Simón, de manera instintiva, la agarró.

Ardía. Pese a la tela que nos separaba, noté ese intenso calor que quería recorrer mi brazo y extenderse también por mi pecho, por mis pulmones, como si fuera una lengua de fuego que quisiera devorarme poco a poco. Retiré la mano con violencia y salté de la silla, aún temblando por la sensación abrasadora que había imaginado. Entonces escuché la puerta de casa y unos murmullos.

Simón no se había despertado ni con el tirón que le había dado. Nana entró en la habitación. Detrás de ella venía un hombre bajito, con un bigote que escapaba del pañuelo con el que se cubría la cara y con un viejo gorro.

—Kora. —Desde que Simón estaba enfermo, Nana se

había apagado un poco más. Vi su expresión preocupada al verme allí, de pie y pálida—. ¿Está bien? ¿Ha pasado algo mientras yo no estaba?

—No —aclaré, aún hecha un manojo de nervios. Nana se acercó para sentarse. Revisó cada centímetro de la piel de Simón y limpió el sudor de su frente—. Solo estaba... Quería hacerle compañía...

Mis palabras eran balbuceos y noté que me estaba rascando la palma de la mano con tanta fuerza que estaba a punto de provocarme sangre. Por debajo de los guantes sabía que tendría arañazos y toda la palma roja de dolor. Parecerían quemaduras. El curandero se aclaró la garganta, pasó a mi lado y se colocó de rodillas junto a la cama de Simón.

—Veamos qué le pasa, será rápido y no le dolerá —dijo su voz tan suave que consiguió calmar un poco mis nervios.

Llevaba un estuche de tela. Cuando lo abrió, distinguí el brillo apagado del oro entre otras pequeñas piedras y metales que no reconocí. Di un paso hacia delante, maravillada al ver aquella pequeña pieza de color amarillo: los metales eran muy codiciados y también muy escasos: todos eran propiedad de la Ciudadela. Si alguien encontraba un trozo de metal, debía llevarlo de inmediato a la Zona Alta y dárselo a los guardias. Ellos se encargarían de confirmar si tenía valor o, en cambio, si nos lo podíamos quedar, como ocurría con el hierro.

Que aquel hombre tuviera una pieza de oro, aunque fuera tan pequeña como mi uña, le ponía en grave peligro.

Miré a Nana buscando la confirmación de que mi pánico tenía sentido, pero ella observaba a Simón con los labios fruncidos, inmersa en sus pensamientos.

El curandero se hizo con el pequeño trozo de oro: apenas brillaba, como las armaduras de los soldados, pero el color amarillo lo hacía reconocible a la luz de las velas. Una parte de mí quería despertar a Simón para enseñárselo. Le encantaría verlo, tocarlo, hablar de ello durante semanas aunque fuera en la calle y a oídos de todos. La presión en el pecho me recordó que Simón estaba enfermo, que todo aquello era por él.

Con ayuda de Nana, el hombre le quitó la manta que lo tapaba y desabrochó los botones de su pijama. En silencio, untó una mezcla de hierbas que olía a caléndula y lavanda, y que dejó un color verdoso en el centro del pecho de Simón. Cuando hubo terminado, colocó allí la pieza de oro.

Contuve el aliento. No sabía qué esperar. ¿Un brillo potente? ¿Sombras saliendo de su pecho? ¿Que Simón abriera los ojos y respirara sin problema?

No. El silencio continuó y la oscuridad también. Tanto Nana como el curandero observaban la pieza de oro muy de cerca, sin miedo al contagio. Yo los imité, pero el metal no se movía. No vibraba. No hacía nada más que subir y bajar al ritmo de la respiración de Simón.

Entonces su color amarillo fue desapareciendo. Al principio pensé que era por culpa de la vela, que titilaba y no dejaba ver bien la pieza, pero instantes después me fijé en que el nuevo color era rojo brillante, tan intenso como la sangre. El curandero suspiró antes de retirar el oro, que, nada más separarse del cuerpo de Simón, recuperó su color. ¿Qué acababa de ver? Nana miraba al curandero con su habitual sombra bajo los ojos, esperando lo peor.

¿Por eso siempre reaccionaba con tanta calma? ¿Porque se ponía en lo peor y así nada le dolía? Yo solo deseaba agarrar de los hombros al curandero, preguntar qué ocurría.

—Hablemos fuera. Dejemos que duerma —susurró, y se hizo hueco para cruzar la puerta.

Fui yo la última en salir. Mi abuela estaba avivando las llamas de la chimenea con movimientos temblorosos y la luz anaranjada me hizo ponerme alerta, lista para saltar si el fuego se descontrolaba. Recordé el calor que había sentido al tocar a Simón, el dolor de una quemadura que no existía en mi mano.

—Habla, Titus —pidió Nana sin dejar de remover las ascuas. El curandero me miró, dubitativo, pero mi abuela atajó su pregunta—. Ella también tiene derecho a escucharlo.

Titus, el curandero, agachó su cabeza y miró sus manos al hablar.

—Me temo que es una enfermedad misteriosa, Sara. —Esta vez mi abuela se dio la vuelta para mirarlo a los ojos, con la pena grabada en el rostro—. Lo siento mucho.

Una enfermedad misteriosa. Así llamaban a las enfermedades incurables, las que provenían de lo que vagabundeaba por la tierra contaminada y por los lugares sin vida. Noté cómo mis piernas perdían fuerza y parecían convertirse en agua; por suerte, había un taburete a mi espalda y caí sobre él. Miré a mi abuela, quien se mantenía en pie, y asintió, también en silencio. Apretó los labios antes de colocarse el moño con movimientos nerviosos. Con la vista clavada en el suelo, se acercó a la puerta.

—Era lo que me temía —confesó con resignación—. He probado de todo con él, hasta los remedios que no son más que rumores de ancianas como yo, y nada. Solo consigo frenar los síntomas, pero la enfermedad avanza.

Apenas recuerdo la despedida de Titus, su voz sonó embotada en mi cabeza, como si estuviera dentro de una casa donde todas las ventanas estaban cerradas y tapiadas. Así me sentía: sola en una oscuridad que no había conocido antes, donde las historias de miedo que con tanto esfuerzo luchaba por evitar habían alcanzado mi casa, a mi familia.

—Kora.

Noté que algo me apretaba la cara. Al abrir los ojos, pues en algún momento los había cerrado, vi a mi abuela. Sus ojos estaban más brillantes que de costumbre.

—Tenemos que ser fuertes delante de Simón. —Había seguridad en sus palabras, como si ya las hubiera dicho decenas de veces, pero su voz temblaba—. Las enfermedades misteriosas debilitan el cuerpo, así que debemos estar preparadas para ayudarle a andar o a moverse cuando ya no tenga fiebre...

—Nana —la interrumpí. No podía escucharla. Mi cabeza aún no se hacía a la idea. La cogí de las muñecas—. Tiene que haber alguna opción. No...

Sorbí al darme cuenta de que estaba llorando, de que apenas veía nada por las lágrimas. No podía perder a Simón. Fui incapaz de decirlo en alto, pero Nana lo comprendió. Me acarició las mejillas antes de retirar las manos.

—La muerte nos llega a todos, Kora. —Su voz era un susurro lleno de pena—. Ahora solo podemos alargar la espera y hacerla agradable para Simón. Eso es todo lo que está en nuestra mano. ¿Entendido?

No, no lo entendía. No era justo. Simón apenas salía de casa y, sí, había cometido un error, ¿pero se merecía ese castigo?

La tos de Simón, cada vez más ronca y débil, cortó la conversación. Nana se recolocó el moño antes de hacerse con un caldo que tenía en la olla.

—Me voy con tu hermano. Descansa. —Era un consejo y una orden—. Mañana verás todo con más claridad.

Me dejó a solas en el salón, en el revoltijo de cojines y mantas que era mi cama improvisada. Me acosté y me puse a observar las débiles ascuas de la chimenea con la respiración entrecortada y los ojos llenos de lágrimas.

No, no lo iba a ver con más claridad. Simón tenía una enfermedad que no se podía curar con nuestros métodos. Con ninguna de las plantas que Nana conocía.

Entonces el rostro del baldo, su cajita, vino a mi cabeza. Cogí aire con una sensación cálida, expectante. Era arriesgado, sí, pero hacerlo por Simón merecía la pena.

Al día siguiente salí de casa, pero no para dirigirme al mercado, sino a las calles de alrededor. Tras el aviso de Caius, las murallas que nos separaban de las Tierras Baldías estaban más vigiladas, pero siempre había huecos por los que los baldos se colaban. Por eso di vueltas por las callejuelas, fijándome en cada persona para distinguir el color anaranjado de los baldos. Además, desde aquel fatídico día, me acordaba perfectamente del pelo clareado y el rostro enjuto de aquel hombre.

—¡Tú! —dije nada más verle y me acerqué a él. El baldo miró a su alrededor sin entender por qué me atrevía a dirigirle la palabra, pero no se movió—. Quiero comprar.

Su extrañeza pronto se convirtió en curiosidad. Enarcó la ceja y acercó su mano a la bolsa que colgaba a un lado de su cuerpo.

—¿El qué? Tengo cuerno de unicornio, hueso de dragón, patas de basilisco, semillas de frutas exóticas tan jugosas que no necesitarás beber en días... Incluso joyas y metales.

Cada palabra añadía un peso a mi estómago y me recordaba lo peligroso que era. Y la palabrería de aquel hombre... ¿Unicornio? ¿Basilisco? Era joven, sí, pero lo suficiente mayor como para saber que todo era mentira.

—El otro día me diste algo que llamaste hueso de dragón. —Apreté los puños de rabia al ver su sonrisa presuntuosa—. Tiré la cajita que me regalaste. Quiero otra.

—Enséñame antes las monedas —indicó sin moverse.

Lo hice: tres hierros con forma circular. Tendría que regatear mucho en el mercado, porque era casi la mitad de todo mi presupuesto. En cuanto me dio la cajita, la solté dentro de mi bolsa, asegurándome de no tocar al baldo. Me di la vuelta para irme, pero me detuve un momento mirando el suelo y con las mejillas encendidas por la vergüenza y la rabia.

—Para que funcione contra enfermedades…, ¿tengo que molerlo? —pregunté sintiéndome tan engañada como el resto de las personas que creían en esos remedios.

El baldo asintió.

—Hasta que sea un polvo que puedas mezclar con la bebida. Esa cajita contiene varias dosis, debes hacerlo durante cuatro días.

—¿Pero cura todas las enfermedades? ¿Incluso las… misteriosas?

El baldo me miró y me sentí pequeña y tonta. Iba a irme cuando se inclinó hacia mí, no me dio tiempo a alejarme.

—Así que enfermedades misteriosas… Si necesitas algo más poderoso, las Tierras Baldías están llenas del legado que las criaturas mágicas dejaron allí y que aquí ni siquiera imagináis… Tampoco esos nobles os dejan hacerlo —espetó—. Puedo traerlo por muy buen precio, pero tardaría un tiempo…

El sonido metálico de las armaduras nos hizo olvidar lo que estábamos hablando. Sin siquiera pensarlo me agaché, preparada para escabullirme, pero los guardias aparecieron por una de las esquinas en ese momento. Al vernos se detuvieron: eran dos, con armadura de pies a cabeza, y una capa de color azul manchada por el polvo de las Barriadas. Uno de ellos llevó la mano a su espada y, aunque sus ojos me miraron un segundo, los dos se fijaron en el baldo. No tardaron en darse cuenta, por el color y la ropa destrozada, de que no pertenecía a la ciudad.

—¡Alto ahí! —gritó el compañero, también preparado para sacar su espada.

Tenía que irme o estaría en problemas por hablar con un baldo. Mis piernas ya estaban preparadas para correr cuando noté unas manos en mis hombros. Eran las del baldo.

—¡No será hoy, cobardes! —gritó.

No me dio tiempo ni a intentar liberarme: el hombre me empujó contra los guardias, con tanta fuerza que me tropecé y me golpeé contra la pierna de uno de ellos. Me separé tan rápido como pude y aunque caí al suelo me arrastré hasta la pared más cercana, con la respiración descontrolada.

—¡Ronald, ve a por la niña! —gritó uno de ellos.

Me dolía tanto la cabeza que las voces parecían lejanas, pero mi cuerpo lo había entendido incluso antes que yo: me iban a capturar a mí también. Y Caius ya había dejado claro, con esa sonrisa maliciosa, que si negociabas con baldos eras igual de malo que ellos. Así que pese al dolor por el golpe eché a correr, suficientes problemas tenía Nana como para ser yo otro de ellos.

Sentí la mano del guardia agarrarme del brazo, pero me zafé a tiempo: conocía a la perfección las calles de las Barriadas, aunque esta vez estaba tan asustada por el encontronazo que me sentía desorientada. La gente me miraba, me esquivaba, y todo el sonido de mi alrededor parecía haber sido silenciado por el metal de los guardias y mi propia respiración. Ahora las calles me parecían infinitas. Giré, esquivé, pero el sonido metálico continuaba pisándome los talones.

Vi, por el rabillo del ojo, una abertura entre casas: era tan estrecha que la usaban para acumular basura y, aunque no sabía si era un camino sin salida, me lancé dentro, ocultándome entre los restos de basura. Contuve el aire para no toser por el hedor y deseé ser invisible para cuando el guardia llegara.

El hombre pasó por delante corriendo, sin siquiera echar un vistazo al hueco, pero no me moví: en las Barriadas había que ser silenciosa, escurridiza y, sobre todo, cauta. Esperé, no supe por cuanto tiempo, y, cuando pensé que podía salir, volví a ver la armadura: parecía agotado de correr porque arrastraba los pies con desgana.

—¡La he perdido! —gritó, mirando hacia el frente.

En ese momento apareció su compañero, erguido y arrastrando algo. La persecución había formado un gran revuelo: la gente los miraba con una mezcla de interés y miedo, sin saber bien si era mejor detenerse o seguir su camino. Todos los ojos iban hacia la cosa que arrastraba y, cuando el guardia tiró de ello hacia delante, distinguí que era una persona. No, no era cualquier persona. ¡Era el baldo! ¡Le habían cogido! Tenía las manos encadenadas en la espalda y observaba a la gente con la mandíbula apretada y una expresión amenazadora. El guardia que lo llevaba miró a su alrededor, con cara de pocos amigos.

—¡Eh, todos vosotros! —Me tensé al escuchar su voz—. Alguien ha estado hablando con este baldo. Recordad que esta gente solo trae peligros de ahí fuera, los mismos que nosotros intentamos evitar en las murallas todos los días. ¿Alguien ha visto a la niña?

Quería gritar, salir corriendo, pero tuve que esperar, oculta. Las personas se miraban entre ellas, esquivaban la atención de los guardias, sin decir nada. Por favor, que nadie se fijara en mí...

El silencio me pareció eterno y por fin el guardia suspiró, agarrando al baldo por las cadenas.

—Tenemos al importante —masculló a su compañero, que aún seguía recuperando el aliento—. Vamos, hay que llevarle a la prisión.

—¡Soltadme a las Tierras Baldías, si tan peligroso es! —gritó el baldo. Todos, incluso yo, nos sorprendimos al escucharle hablar—. ¿No es eso peor que la prisión, como dice vuestro mandamás?

El guardia respondió con un gruñido, arrastrándole por el suelo. La gente no se movió hasta que el hombre les dedicó un gesto de mano.

—¡Aquí ya no hay nada que ver!

La gente no dudó en hacerle caso: agacharon la cabeza y siguieron su camino. Sin mirarlos. Sin mirarme. Yo no podía moverme, tenía tanto miedo que estaba convencida de que los guardias se tirarían sobre mí en cuanto saliera.

Pero los minutos pasaron y el sonido metálico no volvió. Poco a poco, paso a paso, me atreví a salir de la basura:

apestaba, cada movimiento me parecía ruidoso y torpe, pero en cuanto estuve en la calle volví a correr, hasta quedarme sin aliento. Aún llevaba la cajita, tan llena de culpabilidad como de mentiras.

Esa noche, miré el contenido de la caja. Como había prometido, era un trozo diminuto de hueso. Lo toqué con tímida expectación. Cuando noté el tacto rugoso y no pasó nada, sentí un mordisco de tristeza, de enfado por mis ilusiones infantiles. ¿Qué esperaba, encontrarme con el dragón de mis sueños? Simón había entrado demasiado en mi cabeza. Hasta Nana lo había dicho: ese mundo no tenía compasión. Lo había visto horas antes, había estado a punto de ser víctima de él.

Y, aun así, volví a soñar con los dragones.

5

Hueso de dragón cura maldición

No volábamos y el silencio era tan fuerte y pesado que ni la canción que siempre me acompañaba tenía permiso para sonar. Aquel detalle hizo que todo pareciera más lúcido que otras veces. Yo estaba montada sobre el dragón, pero en esa ocasión ya estábamos posados en el agua y él nadaba hacia la montaña, descubriendo en su base una gruta ancha bordeada con estalactitas, como si fueran los dientes de un depredador. El agua de la laguna nos arrastraba hacia aquel hueco oscuro y el eco de la corriente advertía del peligro de aquella cueva a la que llevaba. Contuve el aire; bajo mis piernas, el dragón también estaba tenso.

Normalmente me despertaba cuando cruzábamos el umbral de la gruta, como si la oscuridad fuera la barrera de mi consciencia. Pero aquella vez me quedé allí, junto al dragón.

Tras cruzar la gruta, la luz del exterior desapareció. Durante unos segundos todo fue oscuridad y me removí nerviosa aunque el dragón, con una vibración suave, me transmitió cierta serenidad.

Entonces la luz nació del cuerpo del dragón: todas sus escamas se iluminaron de azul celeste, tan brillante que pude distinguir las paredes de la gruta y el agua de aquel lago subterráneo por el que navegábamos. Continuó serpenteando lentamente hasta llegar al final, justo donde comenzaba la orilla.

Había una puerta de piedra de mi tamaño. Algo detrás de ella me estaba llamando, tiraba de mí. Yo iba a saltar a tierra, pero el fuego llegó antes. El azul del cuerpo del dragón desapareció ante las llamaradas que, en un abrir y cerrar de ojos, cubrieron las paredes y el techo de la cueva.

Me desperté agitada, removiéndome con tanta fuerza que me había quitado las sábanas de encima. Me ardía todo el cuerpo y me costaba respirar. Estaba sudando y no conseguía deshacerme de la sensación abrasadora que me recorría de arriba abajo. ¿Qué había sido eso? Siempre me despertaba antes de entrar en la gruta y ahora no podía olvidar el brillante color azul de dragón, el terror al ver las llamas rodearnos sin compasión.

—Sí, algunos son alargados, con pequeñas alas, pero aun así pueden volar...

La voz de Nana parecía lejana. Aún era de noche, así que no podía estar hablando con ningún vecino. Me levanté en la oscuridad, todavía temblando de miedo, y avancé hasta la habitación de Simón. Un haz de luz se colaba por la puerta entreabierta, proveniente de una vela. Me coloqué el pañuelo y los guantes, y me quedé en el umbral.

—Pero ¿cómo consiguen que sus cuerpos vuelen? ¡Tienen que ser muy pesados!

Aunque susurraba, Nana le chistó para que bajara la voz. Estaba sentado contra la pared, con los ojos tan abiertos y atentos que parecía que la curiosidad podía con la enfermedad. Nana, sentada a su lado, jugaba con la talla de madera con forma de dragón que mi hermano tanto amaba. Me sorprendí al ver a mi abuela, la misma que había dicho con entereza que la muerte era tan natural como la vida, jugar con aquel trozo de madera.

—Porque controlan el viento, así que pueden jugar con él para mantenerse en el aire. —Nana, pese al tono infantil que usaba, parecía convencida—. Ellos son los guardianes de la lluvia, de las brisas y de la protección. Son muy inteligentes, por eso muchos eruditos pasaban su vida buscando a los maestros dragones, para aprender de ellos sobre el universo y sobre la magia…

Me encontré a mí misma embelesada escuchando las palabras de mi abuela, pero pronto me di cuenta… ¡No eran más que cuentos! Simón estaba enfermo, moriría en poco tiempo y Nana solo quería pintar su mundo con un nuevo color. ¿De qué servía recordarle los peligros de las Barriadas? Ya lo estaba viviendo. Simón agarró las sábanas con fuerza, entusiasmado.

—¿Y hay más cosas en tus cuadernos, Nana? ¿Qué descubrían esos eruditos?

«Los papeles de la abuela...», pensé con melancolía. Años atrás, cuando los dos éramos pequeños y Nana pasó a ser nuestra única cuidadora, encontramos sus cuadernos. ¡Decenas de ellos! Mapas, dibujos y hojas tan manchados como usados. Estaban en su habitación, en el fondo de uno de los cajones. Dimos con ellos sin querer, en una de nuestras aventuras imaginarias en casa. Cuando la abuela nos descubrió, los cogió y nos explicó, con una sonrisa triste, que eran historias escritas por ella, por nuestros padres y por muchas otras personas. Leyendas que hablaban de dragones y de otras criaturas mágicas con tanto detalle que hasta incluían mapas que conducían a sus moradas. Nos pidió que no jugásemos con ellos, que tenían tanto valor para ella como para nosotros nuestros juguetes. A cambio, nos contaría todo lo que había escrito en sus páginas.

—Bueno, también se decía que los jinetes eran los únicos que entendían el rugido de su dragón, como si fuera un idioma propio. A veces eran tan estruendosos como la tripa de tu hermana, que lleva cotilleando un buen rato...

Me alejé de la puerta justo cuando Simón me descubrió.

—¡Kora!

No podía disimular. Suspiré, intentando calmar mi nerviosismo, y entré con una sonrisa que cada vez pesaba más. Me crucé un instante con la mirada de Nana, con sus sombras bajo los ojos, y supe leer una advertencia: «Deja que hable de dragones, es lo único que ahora le da vida».

—Simón, tienes que dejar que Nana duerma —le reprendí con dulzura. Al ver los ojos vivos de mi hermano, sonreí con más sinceridad. Me senté a los pies de la cama—. Te ha respondido a las mismas preguntas cientos de veces...

—¡Eso no es verdad! —Se olvidó de susurrar—. Hoy me ha contado que los dragones mudaban su piel y que los jinetes la usaban para construir su armadura...

Estaba dispuesto a contarme todo el proceso, pero un ataque de tos lo detuvo.

—Oh, Simón. —Nana se echó hacia delante cuando mi hermano se encorvó—. Deja que te ayude, cariño... —Me miró por encima de su hombro—. Kora, prepara una infusión, las hierbas están en la mesa de las mezclas...

Los ataques de tos eran cada vez más frecuentes y agresivos, y dejaban a Simón sin fuerzas. Salí de la habitación de inmediato, tan alerta como cuando salía a la calle. Odiaba que el miedo también estuviera dentro de nuestro hogar, el único lugar seguro que conocía.

Avivé el fuego de la chimenea con la vara más larga que teníamos, intentando no acercarme más de lo necesario. Mi abuela ya tenía la mezcla preparada, conocía el olor porque era lo único que inundaba la casa desde que Simón había enfermado. Era tan intenso que nada más notarlo me irritaba, pues me recordaba que así olía la enfermedad de mi hermano. Me daba náuseas.

Estaba a punto de echar la mezcla en la rejilla para hervirlo cuando recordé el hueso de dragón. O lo que fuera, porque estaba segura de que no era un hueso, y mucho menos de dragón, pero probablemente era una raíz curativa que solo se encontraba en las Tierras Baldías. Cogí la cajita y molí una pequeña parte vigilando que Nana no salía de la habitación. Mientras lo hacía no paraba de pensar que aquello no funcionaría, que había caído en el timo de los baldos, pero que tampoco pasaba nada por probar, que la enfermedad de Simón era misteriosa, así que quizá algo del exterior funcionara con él y haría que volviera a ser el mismo curioso y aventurero Simón…

Cuando volví, el ataque de tos había acabado, pero Simón estaba tendido en la cama, pálido. Odiaba la respiración aflautada que se le quedaba, deseaba arrancar la enfermedad de su cuerpo. Miré la infusión antes de dársela a mi abuela.

Y deseé, con una desesperación que ardía más que el fuego, que ese remedio del baldo fuera lo que eliminase el mal del cuerpo de mi hermano.

Cuatro días. Eso es lo que tenía que esperar para ver si funcionaba.

La espera se hizo eterna. Me apañaba para levantarme en medio de la noche, cuando Nana dormía, y encargarme de preparar la infusión. Mi hermano cada día estaba más débil y se dormía antes. Nunca pensé que echaría tanto de menos la cantinela constante de sus preguntas, sus pucheros cuando Nana quería dejar las historias para que descansara.

Las tres primeras noches no vi ninguna mejoría, aunque ¿en qué debía fijarme? Era una enfermedad misteriosa, así que no sabía si primero desaparecería la tos, la fiebre o todo a la vez. Nana seguía a su lado, durmiendo en un sillón viejo para pasar toda la noche junto a él. Ella también estaba cada vez más desmejorada.

La última noche, cuando le llevé la infusión, Simón ya dormía: sus ojos querían abrirse, pero su cuerpo parecía ganar la pelea. Sentí pánico al pensar que no se la tomaría, que aquel remedio desesperado no surtiría efecto porque no se habría tomado las cuatro dosis... Por suerte, Nana consiguió despertarlo, aunque solo tuvo fuerzas para beber la infusión antes de volver a caer en un agitado sueño.

—Es para que duerma mejor —aclaró Nana cuando me dio la taza vacía—. Así no tiene esos ataques de tos...

—¿Cómo está? —pregunté con miedo a la respuesta.

Mi abuela se encorvó, como si su energía desapareciera en el momento en que Simón se dormía. Sus manos acariciaban el brazo de mi hermano con lentitud.

—Atravesando la enfermedad de la mejor manera que podemos ofrecerle —murmuró con resignación.

—¿Crees que está mejorando? —Nana me miró de soslayo. Me retorcí las manos, nerviosa. Desesperada—. Hoy se ha levantado de la cama, quizá...

—Kora, cariño... —Se giró para agarrarme las manos y me hizo agacharme a su lado. Sus ojos cansados miraron mi rostro con una expresión que no supe leer. Creo que le sorprendía mi optimismo—. Las enfermedades misteriosas son de lo más extrañas. Avanzan siempre, a veces te hunden y te dejan sin fuerzas, otras te dan un respiro. Pero nunca se detienen.

Creía en Nana. Había visto su maña con las hierbas, cómo había curado heridas y enfermedades de lo más peculiares. Ella, que era la que más sabía, acababa de decirme que curar a Simón era imposible. Que todos esos mejunjes no hacían más que alargar lo inevitable. Su sonrisa era triste y llevó una de sus manos a mi mejilla para secarme una lágrima. No sabía que estaba llorando.

—Entiendo tu tristeza, mi niña. Cuando tus padres enfermaron, me sentía igual de impotente. Hice todas las mezclas que conocía, incluso las que me parecían más extrañas, pero nada detuvo su mal... —Nana cogió aire y me apretó el hombro—. Pero te prometo que con el tiempo esa tristeza será parte de ti y sabrás vivir con ella. Será tu herramienta para ser más precavida.

Era una especie de promesa, pero para mí todo eran palabras vacías. En realidad, todo parecía vacío sin la chispa de Simón: era él quien daba vida a esos garabatos oscuros de las paredes, a las comidas juntos, cuando le insistía a Nana para que contara una historia. Sin él, se irían también todas esas cosas.

—Vete a dormir. —Nana me acarició el cabello—. Mañana veremos todo más claro.

Asentí. Me aferré a sus palabras con fuerza. Mañana, si todo iba bien, Simón mejoraría. Si ese baldo me había vendido algo tan misterioso como la enfermedad, quizá la próxima noche la pasaríamos los tres alrededor de la mesa, hablando de la princesa Jara, de los dragones o de lo que él quisiera.

El día pasó y llegó la noche.

Y, como yo sabía muy en el fondo, el remedio no funcionó. La enfermedad seguía avanzando sin que nada ni nadie la detuviese. Pensé en las palabras de Nana. No, la tristeza no me estaba haciendo precavida. ¡Yo ya era precavida! Y ni siquiera sentía tristeza. Era desesperación. En unos años, Nana también se iría y yo me quedaría sola. ¿Qué pasaría entonces? Solo podía pensar en que la casa estallaría en llamas, como en mi sueño, y no tendría escapatoria. Me llevé la mano al pecho porque mi corazón latía tan fuerte que temía que se saliera. No quería quedarme sola. ¡No podía quedarme sola!

La desesperación no era como la tristeza. No te hacía precavida, sino valiente. Y entonces tomé la decisión que cambiaría mi vida.

La enfermedad continuaría su avance, pero yo lucharía con uñas y dientes para detenerla.

La siguiente noche hice tres infusiones: una para Simón, esta vez solo con hierbas, una para mí y otra diferente para Nana. Me senté con ellos mientras mi hermano seguía despierto, aunque muy cansado, Nana apenas le entendía cuando preguntaba algo. Se durmió pronto y mi abuela y yo nos quedamos en silencio, aún con la infusión a medias.

—Nana... —Aunque acababa de beber, tenía la garganta seca. La noche anterior había tomado una decisión y ya nada iba a detenerme—. ¿Por qué guardas todas esas historias de niños? Las de tus cuadernos.

Los ojos de Nana desprendieron una luz fresca, como cuando Simón preguntaba sobre sus historias. Pronto desapareció y volvió su expresión seria.

—Porque todos los cuentos tienen algo de cierto. No hay que tomarlos al pie de la letra. Si vemos más allá de las palabras, podemos saber lo que nos dicen.

—¿Y qué dicen todas esas historias de dragones? —pregunté escéptica. Enfadada. A Simón le ahogaba una enfermedad real que nada tenía que ver con la magia, Nana no podía seguir pensando que había algo detrás de sus leyendas—. Son cuentos y ya está.

Mi abuela no respondió al instante. Bebió otro sorbo, meciéndose delicadamente adelante y atrás. Sus ojos parecían cerrarse y eso confirmó que mi infusión estaba funcionando: le había echado raíz de jazmín, que, mezclada con la valeriana, provocaba una fuerte somnolencia. En unos minutos estaría profundamente dormida.

—Que hay algo fuerte y esperanzador ahí fuera. —Me agarró la muñeca, pero apenas apretaba—. Que hasta los lugares más oscuros pueden llenarse de luz…

Me levanté nerviosa. La infusión estaba haciendo que hablara de una manera extraña.

—Voy a dormir —mentí.

Ella asintió y cerró los ojos.

—Haz caso a tu instinto, Kora.

Se me encendieron las mejillas al darme cuenta de que Nana sabía qué planeaba. Me costó un gran esfuerzo darme la vuelta y volver a mi cama, donde ya tenía una pequeña mochila preparada: me llevaba parte de las hierbas de Nana, las que yo sabía usar, algo de comida y de bebida y mi ropa. En ese momento, el plan se mostró tan real que todos mis miedos afloraron: ¿de verdad pretendía salir de las Barriadas para adentrarme en, ni más ni menos, las Tierras Baldías? Allí tenía que haber otras plantas desconocidas incluso para Nana. Metales potentes que sirvieran para algo más que para detectar la enfermedad, ¡piedras repletas de magia! Reliquias antiguas, como las que había mencionado aquel baldo. Algo que nos ayudase a curar a Simón...

Pero ¿cómo sabría llegar a ellas? Se me daba bien moverme por las Barriadas, pero el mundo más allá de las murallas era desconocido. Entonces recordé el cuaderno de Nana.

También tenía mapas.

Fui a su habitación y rebusqué en los cajones con la culpa mordiéndome el estómago. Solo me aliviaba recordar las palabras de Nana, pues había sido ella quien me había invitado a seguir mi instinto. Y este me decía que allí encontraría algo útil.

Solté el aire al dar con el cuaderno. Era más pesado de lo que recordaba, un poco más grande que mi mano y con una cubierta dura y oscura, con relieve. Lo toqué con fascinación antes de abrirlo y mi imaginación, junto con los recuerdos de mi infancia, hizo que sintiera un cosquilleo.

Dentro había planos y también notas con diferentes letras y con dibujos parecidos a los de Simón. Busqué hasta dar con un mapa que llamó mi atención: distinguí la línea que formaban las Barriadas, el círculo de la Ciudadela. ¡Era un mapa de nuestro reino, Eldagria! Paseé la vista hasta más allá y la detuve en las Tierras Baldías. Se extendían en todas direcciones y hacían que nuestro reino pareciera muy pequeño en comparación. No había mucho detalle, excepto un punto azul brillante. Me quedé ensimismada viendo aquel color y mi corazón se aceleró. ¿Por qué me sentía así? No era más que un punto solitario en un mapa sin apenas detalle..., pero ese color azul me recordaba al brillo de las escamas del dragón de mis sueños. Y sentía, sin saber por qué, que podía estar conectado.

Seguí cotilleando. Muchas de las hojas estaban vacías o tenían grandes espacios en blanco, pero decidí no arrancarlas y llevarme todo el cuaderno. Lo guardé con cuidado. Era la más preciada de mis pertenencias.

Estaba ya en la puerta cuando sentí que me faltaba algo. Seguí de nuevo el consejo de Nana e hice caso a mi instinto: me dirigí a la habitación que compartía con Simón. Allí estaban las dos personas que formaban mi hogar, por las que estaba dispuesta a luchar. Le di un beso en la frente a Nana, que dormía tan profundamente que no se habría despertado ni aunque yo hubiese gritado. Después me agaché al lado de Simón y acaricié su pelo. Dormido parecía estar a salvo...

Abrió los ojos unos milímetros para mirarme.

—¿A... dónde... vas?

Minutos antes estaría aterrorizada solo de pensarlo, pero en ese momento estaba decidida. Segura. Sonreí mientras le revolvía el pelo y seguí el ejemplo de Nana.

—Voy a buscar a tus dragones. —Fue la mentira más dulce que nunca había dicho—. Ellos te curarán. Así que tienes que esperarme. ¿Me lo prometes?

Simón asintió con una sonrisa que quebró el poco miedo que me quedaba.

Iba a levantarme cuando vi que sacaba su mano de debajo de la sábana. En ella tenía su pequeña talla de dragón, la que tanto quería. Me la ofreció.

—Papá y mamá lo hicieron... Ellos te... protegerán... —fue capaz de susurrar.

Contuve las lágrimas delante de él y le di un beso que deseé no fuera de despedida.

Cerrar la puerta de casa fue doloroso, pero fuera, bajo el manto oscuro de la noche, supe que había hecho lo correcto. Si en algún lugar había una cura, yo la encontraría. Pero primero tenía que apañármelas para salir sin que la guardia diese conmigo.

6

No temas a la oscuridad, ten miedo a lo que se esconde en ella

Casi nunca salía de noche por las Barriadas, solo en contadas ocasiones, cuando Nana me pedía que le llevara un remedio a algún vecino enfermo: no solo era por el frío, sino porque estaba prohibido, para evitar robos o cosas peores. Pero ahora me movía por las mismas calles que recorría de día, sin ver nada más que lo que la luna permitía. Llegué a la frontera casi de memoria, pues las murallas eran el único lugar en el que había antorchas.

Al llegar, me puse la capucha. Hasta ese momento, solo había admirado aquella construcción por lo grande y fuerte que era, por la seguridad que nos daba a los que vivíamos en las Barriadas. Pero ahora necesitaba encontrar sus puntos débiles, los lugares menos vigilados, aquellos por los que se colaban los baldos. Era cuestión de tiempo y de suerte, pero en unas horas se haría de día, así que más me valía darme prisa.

Recorrí la muralla con sigilo, escondiéndome en las callejuelas cuando oía el sonido metálico de las armaduras de los guardias acercándose. Llegué a un punto en el que estaba más descuidada. No sabía por qué aquella zona, más alejada de la Ciudadela, estaba en aquel estado, pero tampoco iba a pensar en ello ahora.

Dos guardias se alejaron por mi derecha: estaban haciendo la ronda, así que no volverían a pasar en los próximos minutos. Cuando reuní el valor suficiente, me acerqué a la muralla; no era tan alta como en otras partes y la madera que revestía las rocas tenía huecos en los que podía agarrarme para trepar. Me recoloqué los guantes. Solo al escuchar mi respiración temblorosa, fui consciente de que estaba nerviosa, expectante, pero quería hacerlo, no sentía ni una pizca de arrepentimiento. Esa barrera era lo único que me separaba de la posible cura de Simón, así que comencé a trepar y transformé el nerviosismo en fuerza para que mis manos y mis pies mantuvieran mi peso mientras buscaba, en la oscuridad, el siguiente lugar al que agarrarme.

Apenas iba por la mitad cuando mis brazos comenzaron a temblar, mis dedos a resbalarse dentro de los guantes. No hacía calor, pero estaba sudando por el esfuerzo. Apreté los dientes y me obligué a darme otro impulso, y otro, y otro. Estaba a centímetros del final, de llegar al borde y saltar al otro lado…

—¡Alto ahí!

El grito actuó como un empujón que me hizo trastabillar y caer, pero conseguí agarrarme a un saliente y, por suerte, el golpe no fue grande, solo rodé y noté un ligero dolor en las rodillas y en los brazos que enseguida ignoré.

Me incorporé con rapidez buscando al dueño de la voz: era un guardia y se acercaba a mí corriendo y preparado para sacar la espada.

¡No, no podía acabar todo ahí! Volví a la pared y busqué un agarre, pero mis piernas no querían hacerme caso, no dejaba de resbalar. Los pasos del guardia sonaban cada vez más cerca y si me cogía no solo me impediría salvar a Simón, sino que le causaría un gran problema a Nana… Agaché la cabeza y miré mis manos, como si así pudiera convencerlas de trepar… Y entonces lo vi.

Bajo la muralla, la tierra se hundía formando un agujero, ¡era una especie de túnel! No era muy grande, pero yo tampoco, así que me tiré al suelo y comencé a arrastrarme. Con el revuelo, el pañuelo se me había caído hasta los hombros y el polvo me entró en la nariz y en la boca. Contuve la respiración mientras reptaba por el suelo, notando cómo los tablones de madera arañaban mi espalda. Cada movimiento me costaba un gran esfuerzo, se hacía pesado por la tierra que levantaba con mis sacudidas. Sentí que pasaba una eternidad hasta que mi cabeza asomó por el otro lado. Nunca pensé que ver las Tierras Baldías me haría tan feliz. Solo me quedaba sacar la mitad del cuerpo del agujero cuando sentí un tirón.

—¡Vuelve aquí! ¡No puedes cruzar!

Me giré y vi la mano del guardia agarrando mi pierna. Tiró de mí con fuerza, pero yo me aferré a la madera con desesperación. Solté un grito a la vez que le daba una patada con el otro pie; la mano desapareció con un gruñido de dolor.

Con el corazón latiendo descontrolado, me levanté a trompicones y salí corriendo para alejarme de la muralla. Ni siquiera el paisaje que tanto había temido, cargado de polvo y con olor a tierra seca, consiguió detenerme. Tenía que esconderme.

Mis ojos saltaban frenéticamente de un lugar a otro: matorrales pequeños que se enredaban entre mis pies, troncos grisáceos y muertos, y, a pocos metros, un paisaje rocoso con formaciones que se elevaban varios metros sobre el suelo haciendo que sus siluetas parecieran figuras deformes. Todo a mi alrededor era roca, no quedaba nada de la vegetación de mis sueños. Me dirigí hacia las elevaciones y me colé por sus aberturas estrechas para esconderme. Solo entonces me obligué a mirar hacia la muralla. Ojalá no dieran la voz de alarma y los guardias no llegaran hasta mí.

Apenas me di un instante de descanso: tenía que alejarme antes de que se hiciera de día, sentía una energía poderosa que me animaba a marcharme, a buscar el remedio para mi hermano lo antes posible. ¡Había huido de un guardia! ¡Había salido de las Barriadas! Por primera vez en mi vida, creo que me sentí... fuerte.

Comencé a avanzar entre las rocas intentando ser sigilosa: era como si paseara por las Barriadas, moviéndome entre estrechos caminos que podían llevar a cualquier parte. Esa familiaridad me calmó un poco, pero temía la oscuridad que formaban las sombras y el silencio inquietante de aquel lugar. Cada paso me robaba parte de mi determinación, cada chasquido me asustaba, aunque luego descubriera que solo era una rama que había pisado.

Tras un rato andando, salí al raso, pues las siguientes rocas quedaban lejos. Esa decisión fue mi primer error. Lo primero que escuché fue el sonido de un bastón. Al principio no supe qué era, pero me escondí tras un tronco caído y calculé la distancia que me separaba de las grandes rocas. Contuve el aliento al ver que una sombra se movía y tomaba la forma de un hombre que avanzaba lento, cojeando. Solo cuando lo iluminó la luz de la luna vi que era un hombre mayor, calvo, de cejas grises y muy pobladas. Su nariz era deforme, más grande de lo normal. Llevaba un uniforme negro en el que distinguí la insignia plateada de la guardia. Se quitó la capucha y miró a su alrededor con el ceño fruncido.

—Niñita, no quiero jugar al escondite.

Me llevé las manos a la boca para no hacer ruido: los guardias debían de haber dado la voz de alarma, pues uno de los suyos había llegado hasta allí buscándome. El hombre se detuvo, apoyó sus dos manos en el bastón. Parecía no saber dónde estaba escondida, así que por ahora estaba segura...

—Bien... Juguemos entonces.

Un reflejo rojo llamó mi atención. No sabía si había salido del bastón o quizá de uno de sus anillos, ambos parecían hechos del mismo metal que las joyas de los noblos. El destello volvió a brillar, rápido como un parpadeo. Agaché la cabeza e intenté que mi respiración agitada no me delatara. Tenía que salir corriendo, pero estaba paralizada por el miedo.

De pronto, sentí cómo mi cuerpo vibraba con un temblor. Levanté la vista y mis ojos se quedaron clavados en las sombras, que parecían agitarse, como si el viento las moviera. Di un respingo y rodé por el suelo para alejarme de ellas, pero era de noche y la oscuridad estaba en todas partes. A cada segundo, se volvían más y más negras, se movían, incluso parecían querer levantarse del suelo. Era hipnótico.

Me atreví a asomar la cabeza de nuevo. El hombre me daba la espalda, pero vi su bastón alzado y sus manos tocando el aire con una precisión extraña. Se balanceaba con un equilibrio innatural para su cojera.

Pensé que me lo estaba imaginando todo hasta que sentí, con el corazón en la garganta, que las sombras escalaban por mi cuerpo, arañándome a su paso. Me levanté sin pensar en que quedaba al descubierto y eché a correr tan rápido como me permitieron las piernas.

—¡Cuanto más te alejes de la muralla, peor será! —escuché.

Me detuve y lo miré, presa del pánico. Él me devolvió la mirada, tenía las manos aún alzadas y sus dedos finos seguían moviéndose como si tocasen las cuerdas de un instrumento. El bastón, agarrado con fuerza, era ya más oscuro que la noche.

Fue su sonrisa lo que me recordó que podía volver a caer en sus sombras, así que me giré y aceleré de nuevo: no me importó adentrarme en las Tierras Baldías sin fijarme en el camino. Corrí hasta quedar sin aliento y me lancé por uno de los huecos que había entre las piedras. Me rocé con las paredes y noté el polvo pegándose a mi piel por el sudor. Iba tan rápido que, al intentar frenar, mis pies se hundieron en la tierra. Tropecé, rodé por el suelo y me quedé hecha un ovillo, mirando cada una de las sombras que había a mi alrededor para ver si también sufrían una transformación terrorífica.

Todo había comenzado tras el brillo rojo. ¿Había sido aquel hombre? ¿Seguiría buscándome? La falta de respuestas me hizo avanzar toda la noche, hasta que el amanecer llegó y las sombras desaparecieron.

El sueño me venció un par de horas, pero, en cuanto me desperté, seguí caminando: las Tierras Baldías estaban cubiertas de tierra de color rojo, tan fina que cualquier paso, incluso el más delicado, levantaba polvo. Aunque al principio solo los árboles muertos y los matorrales secos formaban el paisaje, el terreno fue haciéndose más escarpado y las pequeñas montañas dieron paso a un suelo empinado, lleno de recovecos y cavidades que parecían esculpidos por la fuerza del viento.

Tras deambular largo rato entre las piedras, llegué a una especie de claro: las paredes que lo rodeaban eran tan altas que la luz del sol no llegaba al suelo, tampoco el viento. Era un enorme desfiladero. Solo entonces me detuve y abrí el cuaderno de mi abuela, donde estaba el mapa con el punto azul marcado que rondaba mis pensamientos desde que lo encontré.

Lo observé con más detalle: el punto estaba en medio de la nada, casi al final del papel que ocupaba el mapa y muy lejos de las Barriadas. ¿Qué habría allí? Sentía que era importante, que lo que allí encontrara me ayudaría con mi objetivo de curar a Simón, pero no tenía ni idea de cómo llegar. ¿En qué dirección estaba? ¿Y a qué distancia? Era la primera vez que leía un mapa y este ni siquiera tenía indicaciones, solo un par de líneas que definían las Barriadas y un círculo que representaba la Ciudadela; el resto estaba en blanco.

Empecé a dudar, a preguntarme si estaba haciendo lo correcto. Acallé mis pensamientos sacudiendo la cabeza.

«Piensa en qué haría Simón», me dije recordando la valentía de mi hermano, en su curiosidad.

Intenté mirar el mapa con sus ojos. Tracé líneas con la uña, intentando hacer memoria de dónde estaba la luna cuando había salido huyendo de aquel hombre. Reduje las opciones y, al final, llena de inseguridad, tracé una ruta y avancé lentamente bajo el calor asfixiante de las Tierras Baldías hasta que anocheció de nuevo.

Entonces la penumbra volvió a hacerse alargada y espesa.

Pretendía caminar también de noche. Mis piernas flaqueaban, sentía los hombros adormecidos por el peso de la mochila y tenía la garganta seca después de beber la poca agua que llevaba, pero necesitaba llegar a ese punto azul y también huir del hombre cojo que todavía rondaba mi mente y quién sabe si la oscuridad que me rodeaba. Me había asustado tanto que hasta me había imaginado que las sombras me atacaban. ¡Como si las historias de Nana fueran ciertas…! Tenía que ser precavida y no caer en engaños como ese, por mucho miedo que tuviera. Me repetía que las Tierras Baldías ya eran peligrosas de por sí, con aquel suelo y aquel aire contaminados, como para sumarle preocupaciones sin sentido. Pero, aun así, estaba segura de que me paralizaría si volvía a encontrarme con aquel hombre.

En cuanto el sol se ocultaba, el frío se hacía insoportable y daba igual cuánto me abrigase, me mordisqueaba sin compasión. Apreté los dientes, pero todo mi cuerpo tiritaba y cada paso suponía un esfuerzo titánico, así que supe que debía parar. Encontré un callejón abierto entre la piedra que parecía no llevar a ninguna parte, como si fuera una cueva. Me acerqué con cautela y miré dentro: no había nada y solo pensar en tener un techo bajo el que cobijarme me convenció para entrar. Usé la mochila como almohada y me tumbé en el suelo hecha un ovillo.

Estaba tan cansada que los ojos se me cerraban. Sin embargo, cuando estaba a punto de caer rendida, escuché algo: era un silbido tenue. Al principio pensé que se trataba del viento, pero me incorporé alarmada al sentir una vibración. Salí de la cueva y observé todo a mi alrededor buscando algún animal; lo que vi fue mucho peor.

Era una sombra alargada y, aunque todo estaba oscuro, la luz de la luna me ayudó a distinguir su silueta. Estaba quieta, pero enseguida comenzó a extenderse desarrollando extremidades parecidas a brazos y piernas. Contuve el aliento y me quedé inmóvil pensando que así aquella cosa no me descubriría. Entonces dos ojos rojos sin pupila aparecieron sobre ella y supe que su mirada estaba puesta en mí.

La sombra empezó a moverse. Yo cogí mi mochila y salí corriendo hasta encontrar un claro iluminado. ¿Qué había sido eso? Aquella figura estaba viva, parecía tener consciencia y querer venir hacia mí, pero su piel estaba hecha de sombras y la luz de la luna no se reflejaba en ella. Estaba segura de que, si hubiera alargado la mano, habría tocado algo real. Resultaba espeluznante.

El silencio se hizo más denso justo antes de un nuevo silbido. Me estiré y miré de vuelta hacia el desfiladero, al mismo hueco estrecho por el que había huido. No, no me había imaginado nada. La sombra me estaba siguiendo.

Sus extremidades se alargaron por las paredes, sin levantar ni una pizca de polvo. Contuve un grito. Como en las Barriadas, ahora debía ser silenciosa. Con la respiración agitada, eché a correr hasta dar con una enorme roca tras la que pude ocultarme. ¿Qué podía hacer? Estaba tan cansada que no llegaría muy lejos corriendo y seguir escondida no serviría… Esa cosa era capaz de rastrearme. ¿Por qué no lo había hecho de día? Entonces caí en la cuenta: de día, el sol ganaba a las sombras. Pero aún quedaba mucho para que amaneciera…

Una idea apareció en mi cabeza y, aunque me aterrorizaba llevarla a cabo, el miedo a esa cosa era mayor: temblando, saqué un pedernal de mi bolsa, como el que usábamos en casa para encender la chimenea, y sin dejar de mirar la sombra cogí varias ramas secas de un arbusto. Cada vez estaba más cerca y el montón de ramitas y raíces aún no era suficiente, no serviría… Pero tenía que intentarlo. Golpeé el pedernal contra la piedra con una fuerza desesperada y un puñado de chispas saltó cerca de mi mano. Sin poder evitarlo, solté el encendedor, que cayó en las ramas. Los arbustos estaban tan secos que las chispas provocaron un pequeño estallido formando una llamarada que iluminó la noche. El calor me golpeó como una bofetada ardiente. Me eché hacia atrás con un jadeo entrecortado, cubriéndome la cara mientras un escalofrío recorría mis brazos. Mis piernas flaquearon y el temblor de mis manos apenas me dejaba distinguir si el fuego estaba a centímetros o kilómetros de mí. Noté cómo el humo denso entraba por mi nariz a pesar de la tela que me protegía la cara y me imaginé el fuego ardiendo en mis pulmones. Me parecía sentir las llamas trepar por mi piel, devorándome. Solo cuando abrí los ojos pude ver que estas solo bailaban en las ramas, crepitando con potencia.

Un chillido llamó mi atención. Al buscar de dónde provenía, vi que la sombra se revolvía con fuerza, como si sintiese dolor. No se atrevía a acercarse a las llamas, que parecían funcionar como una barrera física; tras varios intentos, se dio la vuelta y se marchó.

Yo quería hacer lo mismo: alejarme del fuego, del calor que reptaba por mi cuerpo y me hacía temer acabar ardiendo como las ramas. Pero, si lo hacía, la sombra daría de nuevo conmigo.

No me atrevía a formar una antorcha y avanzar: la sola idea de tener el fuego cerca de mi mano… ¡No, no era una opción! Tendría que esperar a que amaneciera. Y me había quedado sin el pedernal, chamuscado entre las cenizas y la tierra.

Tenía que encontrar otra manera de protegerme porque esconderme no era una opción. Si la noche siguiente continuaba desprotegida, esa extraña sombra caería sobre mí, sin importar lo mucho que corriera.

7
No hay agua, tampoco queda vida, no hay esperanza en las Tierras Baldías

Apenas pude dormir. Para evitar que el fuego se debilitara, no dejaba de alimentarlo con las ramas que encontraba. Cuando vi salir el sol, sentí alivio, pero también la presión de una cuenta atrás: tenía hasta la siguiente puesta de sol para avanzar y encontrar un sitio seguro. Si es que eso existía en las Tierras Baldías…

Era frustrante: mis pasos eran lentos porque estaba cansada del día anterior y no hacía más que perderme entre los pasillos de arenisca; y, cuando salía a cielo abierto, solo encontraba vegetación muerta. El suelo rojizo desaparecía a una eternidad de distancia, al pie de unas grandes montañas que interrumpían el horizonte, tan marrones como todo a mi alrededor. Yo no tenía tanto tiempo. Y Simón tampoco.

Al atardecer, seguía caminando. De vez en cuando, una parte de mí deseaba dar la vuelta y volver al resguardo de las Barriadas, pero entonces cogía el pequeño dragón de Simón y recordaba por qué hacía todo eso. Necesitaba una cura. Alguien que me ayudase. Necesitaba llegar al punto azul, fuera lo que fuese.

Con el cuerpo agarrotado y tenso, me detuve a descansar al pie de un árbol, debía guardar fuerzas para la noche. Tragué saliva al pensar en las sombras, en sus extremidades densas y alargadas, y no pude contener el escalofrío que me recorrió la columna. Me obligué a cerrar los ojos y a relajarme para no imaginar todos mis posibles destinos. Poco a poco, noté que me calmaba, que los párpados me pesaban. Estaba tan cansada que me dormí. Lo supe porque escuché la canción que siempre acompañaba mis sueños, la que me cantaba Nana, aunque, a diferencia de otras veces, no cabalgaba sobre un dragón y todo estaba oscuro.

Corrió la sangre, los muros ardieron.
Fue la mano real quien traicionó al dragón,
pero fueron ellos quienes desaparecieron.

No conocía esa estrofa. Hice un esfuerzo para abrir los ojos y me di cuenta de que la canción continuaba sonando, no muy lejos de mí. Era extraño escuchar aquella melodía en un lugar tan árido y cantada por otra voz. Con más cautela que curiosidad, me levanté, cogí mi mochila y seguí la estela de la canción. Crucé una especie de antiguo bosque, pues había más troncos y arbustos secos que antes. Intenté ir con cuidado, ser sigilosa, pero todo crujía bajo mis pies. Me detuve al distinguir el color anaranjado del fuego. La música provenía de allí, aunque yo no veía nada ni a nadie. ¿Era aquel el punto azul del mapa? Sentí que la ilusión se hinchaba en mi pecho, aunque apreté la mandíbula para contenerme. No podía ser. Estaba en las Tierras Baldías, así que lo más probable era que fuera algo tan peligroso como las sombras. Estaba dispuesta a volver al escondite, pero, antes de que pudiera dar un paso más, noté cómo un cuchillo se posaba en mi garganta.

—Mira lo que tenemos aquí —escuché a mi espalda—. ¿Una espía? ¿Una ladrona?

—¡No! Yo... —intenté explicarme, pero quien fuera que me estuviera amenazando acercó más el cuchillo.

—Muévete, no me fío.

Sin siquiera saber el aspecto que tenía aquella persona, le hice caso: me colocó el cuchillo en la espalda y me empujó para que avanzara en dirección a la canción. Al fuego.

De pronto, me encontré ante una hoguera custodiada por dos tiendas de campaña destartaladas y tres caras desprotegidas que me miraban.

Tardé unos segundos en caer en la cuenta de que eran baldos. No me gustaba su color intenso anaranjado, sus ropajes tan ajados como sus tiendas. Sus prendas de tela fina y rota dejaban al descubierto hombros, brazos y hasta la cabeza.

El chico del cuchillo me empujó y, sin molestarse en defenderse de mis débiles sacudidas, me ató a un tronco mientras sus compañeros me observaban con cara de pocos amigos. Ya de cerca, pude distinguir la suciedad en sus manos y en su pelo, el polvo manchando su ropa. Me intenté zafar cuando me ató, quería alejarme de lo que podía pasarme si estaba cerca de ellos. Eran jóvenes, de mi edad, quizá algo mayores. Todavía no tenían las profundas arrugas provocadas por el sol que caracterizaban a los baldos, aunque las manos que me habían atado estaban llenas de callos. Busqué a algún adulto, como el que me había vendido el polvo en las Barriadas, pero no parecía haber nadie más que ellos. Estaban solos en aquel lugar.

—¿Qué has encontrado, Jacob? —El chico que habló era el más alto y delgado, y tenía el pelo negro. Parecía el cabecilla. Se acercó con una sonrisa socarrona y se agachó para ponerse a mi altura—. ¿Una exploradora del reinucho?

Fruncí el ceño. No entendía a qué se refería. ¿Exploradora? ¿De qué estaba hablando? ¡Nadie quería salir allí! Es más, eran ellos los que intentaban entrar en las Barriadas... Iba a responderle, pero entonces vi cómo uno de ellos cogía mi mochila y la volcaba en el suelo.

—¡Vamos a ver si lleva amuletos! —dijo sin dejar de tocar y manosear todas mis cosas—. Comida... ¿Qué es esto? —Se acercó las hierbas curativas a la nariz y lo olió—. Comida, supongo...

—¡Deja mis cosas en paz!

Me quedé congelada al ver que tenía el cuaderno de mi abuela. La talla de mi hermano también cayó y otro de los baldos, más bajo y rubio, la cogió con interés.

—¡Eh! —grité con rabia. El chico rubio me miró, aún con la figura en la mano—. ¡Eso es mío!

El otro continuaba analizando mi cuaderno. Lo abrió y

pareció extrañado, sin saber bien qué es lo que veía. Seguramente no sabían leer. Había sido Nana quien se había empeñado en que aprendiéramos a leer y a escribir aunque no hubiera cuentos ni muchos libros en las Barriadas: «Tendréis vuestra propia forma de comunicaros. Donde ellos ven garabatos, vosotros veréis la verdad». El chico rubio se acercó a mirar, igual de confundido.

—¿Tiene algún amuleto o no?

Jacob, el que estaba a mi lado, parecía impaciente. Comenzó a cachearme y yo me sacudí.

—¡No, no tengo! —contesté deseando que dejasen de toquetear mis cosas—. ¡Y tampoco soy una exploradora o lo que sea que me habéis llamado!

El silencio se extendió por el campamento: todos miraban al que parecía el líder. Yo también lo hice: se había cruzado de brazos, pensativo. Luego me señaló con la barbilla.

—Por las pintas que tiene, parece de las Barriadas... —Chasqueó la lengua decepcionado. ¡Pero si eran ellos quienes me habían capturado!—. Podemos llevársela a Kosto, ese cojo que siempre ronda la frontera... Seguro que nos da algo a cambio.

Recordé la voz afilada de aquel hombre, las extrañas sombras que había enviado a por mí. Quería negarme, suplicar que me dejaran libre, pero no me salían las palabras.

El que tenía el libro se levantó con él en la mano.

—No tiene nada de valor —gruñó acercándose a la hoguera—. Al menos valdrá para alimentar el fuego...

Las cuerdas crujieron cuando intenté levantarme. ¡No podía perder el cuaderno de Nana! Era lo único que me podía guiar para encontrar una cura.

—¡No! ¡Tiene mucho valor para mí, no lo…!

Pero el baldo ya lo había lanzado. Observé cómo volaba por el aire. Mi valioso mapa, junto con los dibujos y apuntes de mi abuela, estuvieron a punto de caerse de entre las hojas. Sentí que me estrujaban el corazón, que el maldito fuego iba a quemar una parte de mí, pero entonces el chico rubio apareció como un rayo y lo cogió antes de que cayera en la hoguera. Fue tan precipitado que se tropezó y rodó por el suelo abrazando el cuaderno.

—¡Briar! ¿Qué ha sido eso? —La risa de Jacob parecía un ladrido lleno de diversión.

El chico se puso de rodillas y dejó el cuaderno en el suelo. Luego se sacudió el polvo y se colocó el pelo. Pedí por favor que no dieran importancia a un libro que ni siquiera sabían leer.

—¡Seguro que el cojo nos da algo por él! —respondió imitando la sonrisa bobalicona de su amigo.

—¡Estaos quietos! —gritó el líder rascándose la cabeza con enfado. Todos se callaron y le miraron—. Si merece la pena, Kosto nos lo dirá mañana. Tampoco hacía falta que te hicieras el salvador —le dijo a Briar—. Prepara las protecciones y vamos a dormir. Kolb, empieza la guardia. Luego le toca a Briar. Saldremos al amanecer… ¡Jacob, si quieres que ella coma, le darás de tu parte! Y deja de traernos cosas inútiles —gruñó mientras se iba.

Los odiaba. A todos ellos. Al que me había traído, al líder y a esos dos críos entrometidos que jugaban con mis pertenencias y las rompían. Apreté los dientes para evitar las lágrimas e intenté pensar con calma, como Nana me había enseñado: debía entender lo que pasaba y analizar qué podía hacer.

Ya había oscurecido. Al menos esa noche estaría refugiada de esas cosas que aparecían en las sombras. Las cuerdas me apretaban las muñecas, pero tenía horas por delante para intentar aflojarlas. Después cogería mi mochila, me haría con un encendedor y saldría corriendo de allí.

No los miré mientras cenaban, aunque mi estómago rugía recordándome que llevaba desde esa mañana sin comer nada. Hablaban de su bolsa de amuletos, de los exploradores con los que a veces se topaban, de que se estaban quedando sin comida y tenían que cazar. Pensé en la canción que me había guiado hasta allí: ninguno de ellos podía ser el dueño de aquella voz. Pero entonces ¿qué había escuchado? ¿Había sido una traición? ¿Por qué Nana nunca nos había hablado de ello? ¿Y por qué aquella letra me había dejado tan inquieta?

Me dormí. No quería hacerlo, mi plan era quedarme despierta e intentar liberarme en cuanto Kolb comenzase su guardia y los demás se fueran a dormir, pero el calor de la hoguera venció al hambre. El tal Jacob había decidido quedarse con toda la comida, una especie de carne cuyo hedor me produjo arcadas, aunque yo tampoco quería nada de ese lugar. Además, tantas horas caminando habían agotado mis energías. No supe cuánto tiempo pasó, pero me desperté al sentir un golpecito en mi hombro.

Cuando vi al baldo de pelo rubio delante de mí, a apenas centímetros, estuve a punto de gritar. Si no lo hice fue porque me tapó la boca y se llevó un dedo a los labios.

—Si gritas, se despertarán y tendremos problemas —susurró.

Retiró su mano y, aunque no grité, me quedé con la boca abierta. El chico —Briar, recordé que se llamaba— estaba agachado a mi lado. Se hizo con un cuchillo y empezó a cortar las cuerdas.

—Ten cuidado o los despertarás a todos —me advirtió cuando intenté apartarme.

Quería gritarle que no me importaba, pero me di cuenta de que él también estaba nervioso y que miraba hacia las tiendas de sus compañeros constantemente. En un hombro llevaba colgada una mochila y en el otro reconocí mi bolsa. Me abalancé para cogerla, pero el baldo me agarró la mano para evitarlo.

—Primero nos alejamos de aquí... —terció con seriedad— y luego hablamos. ¿Puedes andar?

No me gustaba aquel acuerdo. No quería irme con él, ni hablar. ¡Era un baldo, probablemente, la razón de todos mis problemas! Pero asentí. Al principio, para que no me tocara, después, cuando se hizo con una de las antorchas, porque me di cuenta de que podía ser mi salvoconducto en aquellas tierras. Yo no tenía forma de hacer fuego, ni tampoco valentía para transportarlo. El baldo miró a su alrededor y se hizo con otras dos bolsas, que aseguró en su cinturón mientras yo intentaba librarme del cosquilleo de mis músculos. Cuando volvió a mi lado y comprobó que ya estaba en pie, miró al horizonte con una media sonrisa.

—Pues venga, primer paso.

Reconocí el brillo de sus ojos. Me recordaba al de Simón.

Y Simón, al fin y al cabo, era sinónimo de problemas.

8
La tinta se borra, la magia permanece

El baldo avanzaba con paso ágil y yo me mantenía todo lo cerca que me dejaba mi miedo a la antorcha: el recuerdo de las sombras aún daba vueltas por mi cabeza, sus extremidades finas como las arañas. Quería pensar que me lo había imaginado, pero me habían tocado, se habían levantado del suelo. ¿Era esa la magia de la que hablaban las historias de Nana? Pues era aterradora.

Aunque intentaba mantener su ritmo, Briar era mucho más rápido que yo, así que de vez en cuando tenía que detenerse a esperarme, siempre con un suspiro o una mirada llena de reproche. Ni siquiera me había dado tiempo —ni aliento— a preguntarle por qué había decidido ayudarme.

Nos detuvimos tras un buen rato caminando, ocultos por la pared de un desfiladero. Él se adelantó, con la antorcha en alto, y comprobó las paredes y el suelo. Sus ojos se movían con rapidez fijándose en cada rincón.

—¿Qué estás mirando? —pregunté extrañada.

Me mandó callar con un gesto de la mano. Apreté la

mandíbula y su silencio se me hizo eterno, pero al final cerró el puño.

—Normal que te hayan capturado... —murmuró con tono jocoso—. Y encima Jacob, que ni siquiera sabe por dónde sale el sol, aunque lo tenga de cara...

Noté que el calor me subía a las mejillas y durante unos segundos olvidé que estaba en las Tierras Baldías. Me acerqué a él con una determinación fruto de la rabia y tiré de mi bolsa, pero Briar la tenía bien sujeta.

—¡Eh! ¿Qué haces?

Le miré con incredulidad, intentando descubrir una expresión divertida en sus ojos azules. Pero no, hablaba en serio. Di otro tirón y conseguí arrancársela del brazo.

—¡Irme! Gracias por salvarme de tus compañeros, pero tengo una misión...

Sabía que separarme de él era un suicidio: era de noche y no podía acercarme al fuego, pero aquel baldo comenzaba a sacarme de quicio. Entonces Briar alzó las manos intentando detenerme.

—¡Lo sé! ¡He visto el cuaderno! —Habló con tanta desesperación que me giré para mirarlo—. Por eso te he liberado... y me he llevado unas cuantas cosas de esos tipos —murmuró con cierto orgullo—. ¡Por fin he encontrado a alguien que busca lo mismo que yo!

Enarqué una ceja sin responder. Sin entender. ¿Qué cura buscaba ese chico? Como si me leyera la mente, abrió los brazos y sonrió con alegría.

—¡A los dragones!

El silencio habló por sí solo. Briar me miraba cargado de esperanza, pero poco a poco se dio cuenta de que no era compartida. Abracé la mochila antes de hablar.

—¿Dragones? ¿Lo dices por los dibujos? Probablemente eran una manera secreta de dar indicaciones ocultas o una metáfora de algún animal... Pero ¿dragones de verdad? Cuentos de niños de mi abuela —expliqué sin darle importancia. Aquel chico vivía fuera del reino, en las mismísimas Tierras Baldías, donde no quedaba nada. ¡Él debería saberlo mejor que nadie! Vi la decepción en su rostro y odié que me recordara a la cabezonería de Simón—. ¿De verdad piensas que los dragones existieron?

Briar abrió los ojos y me miró como si estuviera loca.

—Claro que no. —Me relajé al escucharlo, pero solo los pocos segundos que tardó en añadir—: Claro que no creo que existieran. Creo que existen. ¡Ahora, y no muy lejos de aquí!

Me froté los ojos cansada. Que aquel chico me salvara había sido un regalo porque los baldos del campamento iban a entregarme al mismo hombre que me había mandado las sombras, pero ahora estaba obligada a ir con él, pues no tenía forma de defenderme por las noches a menos que hiciera fuego por mi cuenta. Tendría que aguantar sus historias sobre dragones. Y en parte me dolía porque me recordaba mucho a Simón.

—Cuentos. De. Niños —reproché con una presión en la garganta al pensar en mi hermano, en lo enfermo que estaba desde hacía ya días. No podía perder el tiempo.

Briar tardó en reaccionar. Cuando lo hizo, negó con la cabeza lentamente y se rascó el cuero cabelludo hasta dejarse el pelo rubio hecho un revoltijo.

—Acabo de dejar…, ¿qué digo?, ¡de robar! a unos matones porque pensaba que tú también buscabas a los… —Me señaló, pero al ver mi expresión de sorpresa se calló—. Voy a dormir. Te recomiendo que hagas lo mismo porque mañana no vamos a parar.

Se sentó con expresión enfadada y se cruzó de brazos antes de cerrar los ojos. No me lo podía creer. Le miré, aún de pie, con la bolsa bien protegida, notando dentro el cuaderno y el dragón de madera.

—No voy a esperar a mañana. Yo me voy ya. Y me llevo mi cuaderno.

Briar resopló, pero conseguí que me mirase. Levantó una ceja y me señaló con la barbilla.

—¿Sabes encontrar a los pocos animales que hay? Se ocultan muy bien. Y he visto tu cara de asco de antes, no has visto carne muy a menudo… —Quería borrarle aquella sonrisa petulante—. ¿Sabes evitar a las sombras? —Chasqueó la lengua—. Ni siquiera evitaste a Jacob, ¡a Jacob! —Chistó con confianza—. Me parece que me necesitas.

Odiaba que tuviera razón. Con cada pregunta, me sentía más indefensa, como una niña que jugaba a ser algo que no era. El baldo decidió que ya había acabado conmigo: se tumbó y cerró los ojos.

—Solo te necesito si vamos al mismo sitio —murmuré en un intento de negociación.

Briar me miró. Durante unos segundos pareció escéptico, preparado para rechazar mi plan, pero encogió los hombros.

—Siempre estoy listo para una aventura. Sobre todo para esta, porque esos mapas de tu cuaderno nos llevarán a los dragones...

—¡No vamos a por ningún dragón!

Pensé en el punto azul y fui incapaz de relacionarlo con los dragones. Me callé que íbamos a buscar el remedio para mi hermano, pero estaba convencida de que allí encontraría una forma de ayudar a Simón, una cura. Lo sentía en el pecho, más hondo que el miedo o la tristeza.

—Pues ahora duérmete. No quiero tener que arrastrarte mañana...

No dijo nada más. Miré a mi alrededor, sentí el frío de la noche pese al resguardo del desfiladero y acepté que estar cerca del calor y de la luz no era tan mala idea, aunque fuera con aquel muchacho ilusionado por una razón infantil. Me senté, lo más lejos que pude de él, y usé mi bolsa como almohada.

—Por cierto...

Di un respingo. Me estaba observando, su expresión volvía a brillar con curiosidad.

—Me llamo Briar.

—Ya lo sé —respondí con rencor, pero su mirada me ablandó—. Yo me llamo Kora. Kora Sparks.

—Así que Kora... —Noté como soltaba el aire—. Espero que no me des más dolores de cabeza. Los que vivís dentro de las murallas del reino sois imprevisibles...

Suspiré. Ni siquiera tenía fuerzas para callarme ante sus comentarios cínicos.

—Lo mismo digo —murmuré—. Los baldos nunca sois sinónimo de nada bueno.

Para mi sorpresa, Briar soltó una risa parecida a un ladrido.

—Las Tierras Baldías no son sinónimo de nada bueno. Y ahora estás en ellas.

En cuanto amaneció y abrí los ojos, Briar se puso en pie con la mochila a la espalda.

—Buenos días, dormilona. —Miró el cielo, el sol estaba oculto por el desfiladero—. Será mejor que nos pongamos en marcha, los poblos no aguantáis bien el calor.

Bufé como respuesta, pero me levanté. Me aseguré de que toda mi ropa estuviera bien colocada sin importarme los suspiros impacientes de Briar. Él vestía con hombreras y una gorra con visera; en ese momento, con luz, pude distinguir el color anaranjado de su piel.

—¿No tendría que decirte a dónde quiero ir? —pregunté.

—¿Es al reino? —Negué con la cabeza. Él se giró y comenzó a andar—. Entonces es hacia el sur. Vamos a aprovechar la sombra que nos da el desfiladero y cuando el sol esté sobre nosotros buscaremos dónde cobijarnos para descansar.

Le dediqué una mirada cauta.

—¿Cómo sé que no me mientes?

Briar puso los ojos en blanco y chasqueó la lengua.

—¡Porque, además de a tu cuaderno, también te rescaté a ti! —me recordó—. ¡Aunque cada vez me arrepiento más! Probablemente nos estén siguiendo la pista...

Ver cómo se alejaba me produjo una sensación de soledad extraña y supe que no quería quedarme sola ni pasar otra noche rodeada de sombras. Corrí hacia él y odié su sonrisa confiada.

El desfiladero, como prometió Briar, nos protegió del sol: las paredes eran incluso más altas que las del acantilado que separaba las Barriadas de la Ciudadela. El camino que seguíamos no era tan estrecho como los cañones que había recorrido días atrás, ni tenía recovecos, sino que seguía una única dirección serpenteante. Me recordó, de nuevo, a las Barriadas.

—¿Qué lugar es este? —pregunté observando los arbustos secos que colgaban de las paredes.

En las grietas del suelo se podía ver hierba marrón, incluso viva en algunos puntos. Briar iba jugando con las piedras que encontraba en el suelo. Las cogía sin ninguna protección y las lanzaba contra las paredes. Al escuchar el eco, sonreía y se hacía con otra piedra. ¿Cómo podía estar tan relajado? ¡Estábamos en las Tierras Baldías! Yo era incapaz de dejar de mirar hacia atrás en busca de una amenaza.

—Un antiguo río. En el pasado, todo esto estaba lleno de agua ¡muy por encima de nuestras cabezas!

Su emoción hizo que me lo imaginara: ¿todo aquello

lleno de agua? ¿Cómo sonaría? ¿Estarían las paredes cubiertas de vegetación, como las montañas de mi sueño? Con el paso de las horas, la única humedad que sentía era la de mi sudor empapándome la espalda y la frente. El calor era abrasador, mi respiración se hacía pesada y, aunque deseaba arrancarme el pañuelo que me protegía la nariz y la boca, vencí la tentación.

Cuando sentía que no podía más, Briar propuso parar: el desfiladero a veces presentaba oquedades, piedras que se habían desprendido formando pequeñas cuevas. Como el baldo había prometido, el sol nos dio un respiro en cuanto nos adentramos en una.

—¿Qué tal estás? —me preguntó mientras nos quitábamos las mochilas. Se limpió el sudor mientras me miraba de pies a cabeza. Señaló mi cara—. Deberías usar la piel baldía para protegerte del sol en vez de ir con ese traje tan aparatoso. —Iba a acercarse para quitarme el pañuelo de la boca, pero le di un manotazo sin pensarlo. Sonrió divertido—. ¿Sabes lo que es? Es un mejunje raro, pero nos ayuda a no quemarnos. Mezclamos la flor del desierto, una amarilla que puedes encontrar en zonas oscuras, con la arena fina… —Vio mi expresión de escepticismo—. Si en algún momento quieres, tengo bastante. También se la robé a los chicos que conociste…

—No pienso echarme nada de este lugar en la cara —interrumpí de malas maneras.

El chico levantó las manos antes de girarse y rebuscar en su mochila.

—Eres libre de morirte de calor, pero bueno… —Señaló mi bolsa—. Centrémonos en lo importante. Déjame el cuaderno.

—No.

Me miró de soslayo. De su mochila sacó una bolsa que tintineó. La volcó en el suelo, mostrándome su contenido. No pude evitar soltar un gritito de sorpresa: estaba llena de amuletos que, a diferencia del color apagado de los nuestros, brillaban con diferentes colores. El azul me atrapó unos instantes, hasta que Briar habló.

—Necesito ver el cuaderno si no quieres estar dando vueltas sin sentido por las Tierras Baldías —explicó sin mucha paciencia—. Tengo una teoría, pero tengo que consultar esas páginas otra vez… Ayer, con los otros baldos mirando, apenas pude ver nada.

Me tomé unos segundos para meditarlo. ¿Y si se lo daba y se iba? Hablaba de los baldos como si él no fuera uno…

Briar suspiró y puso los ojos en blanco.

—No te fías. Lo pillo. —Sin avisar, se quitó los zapatos, tan desgastados que apenas tenían suela, y los dejó a mi lado—. Ahora ya sabes que no voy a salir corriendo, el suelo abrasa. ¿Me prestas el cuaderno?

Miré sus zapatos. No quería fiarme de él, pero lo hice: sin dejar de vigilar el libro, se lo pasé. Briar lo abrió y comenzó a ojear las páginas con el ceño fruncido, siempre bajo mi atenta mirada.

Al llegar al mapa, sonrió y se rascó la barbilla.

—¿Esto es lo que estás buscando?

—Sí… —Miré el punto azul en medio de la nada blanca del papel. Solo en un extremo estaba el reino, nada más—. Pero ya no sé ni dónde estoy…

Briar chasqueó los dedos antes de coger una de las piedras de color azul y su pedernal.

—Eso lo solucionamos rápido.

Formó una pequeña llama con rapidez y, aunque yo quería alejarme, el brillo intenso de la piedra me embaucó. No podía dejar de mirarlo. Briar le dio calor con la llama durante unos segundos antes de acercarlo a las hojas. Me incliné para detenerle.

—¡Vas a quemar el pa…!

Entonces, unos trazos de color azul comenzaron a aparecer en el mapa dibujando el contorno de las Tierras Baldías, también unas zonas anchas que serpenteaban, e incluso montañas.

—Tinta mágica —explicó Briar—. Se usaba hace años para ocultar información… Cuando vi que el mapa estaba casi en blanco, lo entendí, pero cualquiera se ponía a hacer trucos delante de esos matones…

La tinta avanzaba por el papel acercándose al punto azul, ¡al lugar al que yo quería ir! Contuve una sonrisa nerviosa mientras disfrutaba de aquel espectáculo. De pronto, el brillo de la tinta se apagó. Miré a Briar, pero él también parecía sorprendido.

—Pero ¿qué…? —Briar miró el amuleto—. ¡Ah, no, no!

¡La tinta estaba desapareciendo! Eché las manos sobre el papel, como si así pudiera retenerla, pero en un abrir y cerrar de ojos lo único que quedaba era de nuevo el punto azul. Me enfrenté a Briar con una mezcla de enfado e impotencia, y lo cogí del brazo para zarandearlo.

—¡No juegues conmigo, baldo! —le solté. Briar estaba concentrado en su amuleto, ahora de un color grisáceo—. ¡Vuelve a hacer eso!

Por su expresión, me di cuenta de que estaba tan confundido como yo.

—Por todos los dragones, ¡el amuleto se ha vaciado! —Se rascó la cabeza y volvió a mirar los amuletos que llevaba—. Teníamos otro igual, uno alargado y brillante que le robamos a un guardia despistado...

Me levanté, estaba demasiado nerviosa como para quedarme quieta. Miré cómo Briar buscaba entre la multitud de piedras y cristales, y, aunque yo quería ayudar, ni siquiera sabía en qué se diferenciaban. ¡Yo solo había usado unos pequeños que únicamente servían para saber si la comida estaba mala!

—Oh, no. —Echó la cabeza hacia atrás con los labios apretados. Supe que no eran buenas noticias—. Creo que ya sé dónde está. Lo tenía Nino en el cinturón... ¡Cómo pude olvidarme de revisarlo! —Sin mirarme, siguió removiendo los amuletos—. Quizá alguno de estos...

Probó con dos, uno rojo y otro verde, pero el papel continuaba sin mostrar nada más que el punto azul. Yo no podía dejar de mirar el mapa, recordaba cómo el color azul había ido dando forma al camino que debía tomar. Intenté acordarme de algo, cualquier cosa, pero habían sido apenas unos segundos, un pestañeo, hasta que los detalles habían vuelto a desaparecer.

—Podemos intentar dar con algún explorador. —La voz de Briar sonaba lejana—. Suelen llevar amuletos como ese y a veces están abiertos a negociar…

En los pocos días que llevaba fuera de las murallas, había dudado cientos de veces: de si era buena idea haberme ido de las Barriadas, de si debía seguir un papel sin pistas, ¡de si mi intuición no era más que desesperación por salvar a Simón! Pero ahora lo había visto. Había una forma de saber cómo llegar a ese lugar.

—Volveremos al campamento —indiqué con seguridad.

Briar abrió los ojos y supe lo que pensaba: que había perdido la cabeza. Y sí, en parte era cierto. Pero ya había salido de las Barriadas, esquivado a unas sombras siniestras y huido de unos baldos. Nada me podía parar.

—¿Volver a ese nido de serpientes? ¿Después de haberles robado todo?

—No, todo no —le recordé con sarcasmo.

Briar bufó aún sorprendido.

—Nos cogerán. Y no se me da bien desatar a gente cuando yo también estoy atado, ¿sabes?

Encogí los hombros y cogí mi bolsa dispuesta a regresar sobre mis pasos. Ese punto azul, solo, no decía nada, pero con la ayuda de uno de esos amuletos… Podría descubrirlo todo.

—Pues tenemos unas horas para trazar un plan. Conseguiremos ese amuleto.

Como Briar había adivinado, el grupo de matones seguía nuestra misma ruta: los descubrimos antes de que se hiciera de noche y observamos, protegidos tras una pequeña colina, cómo montaban el campamento. Briar, a mi lado, cambiaba el peso de un pie a otro.

—Me matarán —murmuró rascándose el pelo—. ¿De verdad quieres hacer esto? Te recuerdo que te capturó Jacob...

Le dediqué una mirada de reproche. Estaba aterrorizada. Notaba mis manos y mis piernas temblar. Mi instinto me decía que echara a correr en dirección contraria, pero eso significaría tener un mapa inútil. ¿Qué podía ser peor que eso? Simón no me lo perdonaría. Yo no me lo perdonaría.

—Esperaremos hasta que se duerman —le recordé el plan que habíamos discutido una y otra vez por el camino—. Dijiste que Nino se quitaba el cinturón para dormir.

—¿Sabes lo que no se quita? El cuchillo. Duerme con él... —Briar negó con la cabeza sin dejar de mirar el campamento—. Después de esto, me dejarás ver tu cuaderno todas las veces que quiera.

—Hecho.

De refilón, vi cómo Briar sonreía y sacaba pecho.

—Más te vale tener palabra, Kora Sparks de las Barriadas.

Tragué saliva pensando en si nuestro plan saldría bien.

Cuando los matones se disponían a dormir, al raso y alrededor de la hoguera, vi cómo Nino, el líder, dejaba el cinturón a su lado. Distinguí el brillo azul de la gema. Entonces supe que ya no podía echarme atrás.

El plan era sencillo: aprovecharíamos que el suelo era de arenisca para acercarnos con sigilo. Briar se encargaría del amuleto y se escondería detrás de la pequeña tienda de campaña en la que guardaban las provisiones. Mientras, yo me ocuparía de distraerlos. Había acumulado varias piedras durante el camino: tenía buena puntería, uno de mis juegos favoritos con Simón era acertar a los palos que luego usábamos para la chimenea.

Me quedé agachada tras un tronco caído observando cómo Briar, descalzo ahora que no pegaba el sol, se acercaba al campamento.

Jacob era quien debía hacer guardia, pero se había quedado dormido y roncaba con la boca abierta. Las palabras de Briar resonaron en mi cabeza: «Es que te ha cogido Jacob, ¡Jacob!». Bueno, pues era hora de vengarme. Me hice con una de las piedras y esperé a que Briar, de puntillas, llegase a la posición acordada. Detrás de la tienda de campaña los matones no le verían.

Cuando levantó la mano como señal, lancé la primera piedra. Mi objetivo era golpear una pequeña pared de piedra que había a varios metros. Briar estaba seguro de que el ruido los despertaría y de que irían a ver si había algún peligro. Entonces él se acercaría al cinturón, tirado en el suelo, se haría con la piedra y volvería a esconderse. Era pan comido.

Pero no contaba con que mis manos sudaran ni con que

mi fuerza se esfumara por culpa del miedo. El primer tiro ni siquiera llegó a la mitad del objetivo. Chasqueé la lengua enfadada, pero volví a intentarlo. Me acerqué más, aunque esta vez me quedé aún lejos de mi objetivo.

Briar me miraba con los ojos bien abiertos, tan tenso que parecía que iba a salir corriendo en cualquier momento. Intenté ignorarle: bastante tenía con el sudor de mis manos y el frío que me estaba congelando.

Cogí aire, levanté el brazo y lancé tan fuerte como fui capaz. Conseguí dar en la pared y la piedra golpeó con tanta fuerza que Jacob dio un respingo y abrió los ojos más rápido de lo que yo esperaba. No estaba preparada para esconderme, pero me agaché como pude, golpeándome contra el tronco. Mi corazón latía a mil por hora y me olvidé de que, aparte de las piedras de mi bolsillo, tenía un montón sobre el tronco. Y cuando cayeron, por culpa del golpe, formaron un estruendo que Jacob escuchó.

—¡Eh! ¡Quién anda ahí!

—¡Jacob, deja de gritar! —dijo otro matón.

Me mantuve quieta, temblando.

—¡He escuchado algo ahí detrás! Déjame tu cuchillo, quizá una sombra se ha acercado más de la cuenta. O puede que sea un bicho y tengamos desayuno…

¡No, no, no! Miré a mi alrededor intentando calcular cuánto tiempo tardaría en levantarme y correr hacia la entrada del desfiladero para esconderme. ¿Me daría tiempo? Seguro que no. Me quedé congelada escuchando los pasos pesados que venían en mi dirección.

—¡Pero bueno, Jacob, cuánto tiempo! ¿Tan perdido como siempre?

Abrí los ojos. No podía ser.

Briar había salido de su escondite: no solo eso, sino que había extendido sus brazos, corriendo hasta la misma pared a la que yo había tirado la piedra. Mostraba una sonrisa nerviosa. Jacob se detuvo y miró a Briar, igual que el resto de los matones, que, aún adormilados, se habían levantado.

Estaba distrayéndolos.

—¿Briar? —La voz de Nino dejaba claro el rencor que le tenía. Se acercaba poco a poco a él con el cuchillo en la mano. El resto de los matones le imitaron—. Nos robas, te llevas a nuestra prisionera ¿y tienes la valentía de aparecer por aquí?

—Echaba de menos vuestra amistad, supongo… ¡Pero espero no estar así mucho rato!

Tenía que actuar. Me incorporé y caminé tan encorvada como pude; en esa ocasión mis pies sabían lo que tenían que hacer: con el sigilo con que me movía por las Barriadas, corrí hasta detrás de la tienda. La hoguera estaba cerca, tan viva que la oía crepitar con fuerza. El cinturón estaba a pocos centímetros del fuego. Tragué saliva sin dejar de mirarlo, como si así pudiera aproximarlo a mí.

El sonido de un puñetazo me hizo mirar hacia donde estaban Briar y los matones: ¡lo estaban atando! Briar tenía la mejilla derecha enrojecida.

—¡Más te vale llevar encima los amuletos que nos has robado!

Estaban de espaldas, pero no por mucho tiempo. Recordé las palabras de Briar: «No se me da bien desatar a gente cuando yo también estoy atado…».

Repté hasta el cinturón y, en cuanto noté un extremo, tiré de él alejándolo de la hoguera y de la vista. Me hice con el amuleto, lo único que guardaba el cinturón, y me levanté dispuesta a salir corriendo.

—¡Ja, desearás no haber vuelto!

Me detuve. Pensé en Simón, en su expresión de reproche si volvía y le contaba esa parte de mi viaje. «¿Dejaste solo a tu compañero? ¡Un héroe no haría algo así!».

Bueno, yo no era ninguna heroína, solo una niña de las Barriadas que apenas sabía esconderse y huir… ¿Qué podía hacer contra unos baldos que tenían la valentía de colarse para vender sus mercancías o de robar para acumular más?

Un momento… ¡Claro! Había algo que los baldos querían más que a Briar: sus pertenencias.

Miré la tienda y vi la frágil estructura de palos, unas cuerdas atadas a unas estacas, que la sostenía. Con el pequeño cuchillo que llevaba corté las cuerdas y la tela se balanceó. No hacía viento, pero con un simple empujón caería. Y al otro lado había una hoguera tan fuerte que cualquier cosa la avivaría aún más.

Sin pensarlo mucho, empujé la tela, que cedió al instante: contemplé, sin moverme, cómo la tienda caía sobre las llamas.

La llamarada no se hizo de esperar y entonces reaccioné: salí corriendo, levantando el polvo bajo mis pies.

—¡No, no, no! ¡¿Qué está pasando?!

Los baldos solo tenían ojos para la enorme hoguera que se había formado, pero uno de ellos me vio mientras escapaba.

—¡Ha sido ella! ¡La prisionera!

Alguien apareció a mi lado sin darme tiempo a reaccionar. Noté que me agarraba del brazo y tiraba de él: por unos segundos pensé que era el cojo, pero pronto vi que se trataba de Briar. Aún atado, miraba alrededor con desesperación; tenía un ojo hinchado.

—¡Kora, es hora de irnos! ¡Vamos!

Nunca había estado más de acuerdo con él como en ese momento. Desaté sus manos con el cuchillo y corrimos sin mirar atrás hasta que la luz de aquel fuego desapareció.

Estaba muy cansada, pero descubrí que el miedo era mejor que una siesta: caminamos por el desfiladero toda la noche, tan solo iluminados por una pequeña llama que Briar llevaba con él y deteniéndonos el tiempo justo para borrar nuestras huellas cada vez que girábamos en el camino. Solo cuando amaneció nos metimos en una pequeña cueva, lejos del sol y de las miradas curiosas. Fue al sentarme que descubrí el rostro amoratado del baldo, su ceja hinchada, y pensé en todo lo que había ocurrido aquella noche.

—Gracias por llamar su atención —murmuré nerviosa. El miedo que había sentido volvió, como si lo hubiera invocado—. Si no fuera por ti, me habrían cogido…

Cerré los puños y agaché la cabeza. Había sido muy torpe, por mi culpa podíamos haber perdido todo: el cuaderno de Nana, la posibilidad de encontrar el punto azul en el mapa, una cura para Simón… Escuché la risa de Briar y lo miré, confusa.

—¡Estuviste espectacular! —Se levantó olvidando que tenía el ojo entrecerrado por el golpe y empezó a moverse por la cueva imitando una pelea—. Ya estaban imaginando lo que me harían mientras me tenían atado… ¡y llegaste tú! ¡Tiraste la tienda! ¡Pum! —Dio una palmada que me sobresaltó—. ¡Se olvidaron de todo, Kora!

¿Hablaba de mí? Sus palabras sonaban como una de las historias contadas por Nana, no como algo que yo hubiera hecho. Para asegurarme de que había pasado así, cogí mi bolsa y saqué de ella la gema alargada: era como un cristal y, aunque en ese momento no brillaba, se distinguía el color blanquecino de un amuleto lleno de energía.

—Lo conseguimos —murmuré incapaz de creerlo. Abrí de nuevo la bolsa, cogí el cuaderno y se lo di a Briar—. Vuelve a iluminar el mapa.

Briar no se lo pensó y empezó a calentar la gema mientras yo buscaba la página con el punto azul. Localizada la hoja, Briar acercó el amuleto, que brilló con intensidad antes siquiera de tocar el papel. Contuve la respiración deseando que esa vez saliera bien.

Igual que había ocurrido el día anterior, el mapa empezó a pintarse de un color azul intenso, mostrando líneas, gruesas y finas, redondeadas y puntiagudas. En esa ocasión no se detuvo y el punto azul que llevaba días persiguiendo se rodeó de más líneas que fueron formando la silueta de una montaña. Me eché hacia delante para ver mejor el mapa sin tocarlo: temía aquel poder que no conocía, pero a la vez sentía que me llamaba, como si un cordel tirase de mí. Briar también lo observaba fascinado.

—¡Mira! Ahora estamos aquí… —Señaló la línea gruesa y serpenteante—. ¡Y mira cuánta agua había! Sabía que era cierto, pero verlo en el mapa…

Briar tenía razón: el mapa estaba completamente azul. Me fijé en que el punto estaba al lado de una zona enorme también pintada. El baldo lo señaló.

—¡Ya sé qué sitio puede ser este! Se dice que las personas afines a los dragones creaban academias para estudiar con ellos, aprender de sus conocimientos, ¡ser incluso sus jinetes si ellos lo permitían! Esto parece un estanque, ¡así que probablemente sea el templo del dragón Azur!

Estuve tentada de creerle: me fascinaba el color brillante del mapa, el entusiasmo de sus historias. Una academia… Quizá allí había gente erudita, tan inteligente que había inventado la cura para las enfermedades misteriosas con sus estudios. Quizá había algún cuaderno que hablase de la enfermedad de Simón…

Sentí un cosquilleo, un atisbo de sonrisa. Podía ser… Tenía sentido…

—Si seguimos por el desfiladero, llegaremos a una especie de ladera… Aquí. —Señaló en el mapa, cerca del punto azul—. Luego continuaremos hasta llegar al estanque.

Asentí ilusionada. Briar siguió estudiando el mapa, murmurando cada descubrimiento.

—¿Cómo sabes todo eso?

Briar frunció el ceño sorprendido por mi pregunta. Me miró, se tomó unos segundos para pensar y, aunque su piel tenía ese color naranja característico de los baldos, noté el rubor en sus mejillas.

—Bueno, ya te dije que no siempre he vivido con esos tipos...

Desvió la mirada para contemplar con los ojos apagados nuestro alrededor. Reconocí los pensamientos que había detrás de aquella expresión: estaba preocupado.

—¿Vivías con alguien a quien querías?

Mi pregunta le hizo volver a la realidad. Dudó unos segundos, pero Briar siempre encontraba las palabras.

—Vivía con mis padres, en una caravana. ¿Sabes lo que es? —Negué con la cabeza—. Es un grupo de gente que avanza junta, aunque cada uno tenemos nuestros carros con nuestras cosas, nuestras tiendas para dormir... Allí solo se hablaba de cómo era este lugar cuando los dragones estaban despiertos. Recorríamos la tierra en busca de amuletos y de objetos de épocas pasadas, incluso he estado fuera de las fronteras de este mapa —dijo con una sonrisa triste. Paseó los dedos sobre el papel—. Era genial, no podía pedir más. Pero entonces...

Por primera vez desde que le conocía, Briar se quedó en silencio. Negó con la cabeza.

—Los soldados del reino nos tendieron una emboscada.

Estábamos lejos de la Ciudadela, ¡a días de distancia!, pero allí estaban.

No pude evitar pensar en qué hacían los guardias tan lejos de las murallas, pero Briar se removió a mi lado con la cabeza agachada.

—Mientras buscaban entre nuestros objetos, mis padres los entretuvieron y yo pude escapar. Seguro que están bien... —añadió sin mucha seguridad.

Pensé en Nana y en Simón. No recordaba a mis padres, pero la simple idea de perder a mi pequeña familia me rompía el corazón. Briar se levantó sin avisar dándome la espalda.

—Será mejor que nos movamos —dijo con voz ronca.

Pude ver cómo se limpiaba los ojos con un movimiento rápido de la mano. Quise decir algo, pero las palabras se me quedaron en la garganta.

Al llegar la noche, nos detuvimos en una zanja de tierra, ocultos de miradas curiosas, pero al raso. La conversación sobre su familia había dejado a Briar pensativo y, aunque desde que lo había conocido había deseado que dejara de parlotear, echaba de menos escuchar su palabrería sobre cualquier cosa que veía. Volvió a hablar al dejar su mochila en el suelo.

—¿Puedes traer ramas para la hoguera? —me pidió.

Le hice caso y aproveché esos instantes de soledad. El sol había bajado, pero aún no me atrevía a quitarme ni los guantes ni la chaqueta protectora. No quería decírselo a Briar, pero desde aquella mañana me notaba la piel ardiendo, como si fuera yo quien irradiara ese calor, que, además, iba acompañado de un dolor de cabeza que aparecía al final del día para juntarse con el cansancio. ¿Y si en el desencuentro con los baldos había tocado algo contaminado? ¿O al huir de las Barriadas? Escapando de los soldados el pañuelo se me había movido y me había dejado al descubierto la boca y la nariz…

Evité pensar en ello mientras recogía toda la madera que encontraba. Cuando ya apenas podía abrazar las ramas, volví a la franja. Me encontré a Briar rodeando nuestro pequeño campamento con un hilo fino de color gris sujeto en varias estacas de madera.

—¿Qué haces? —pregunté sin acercarme.

Briar siguió trabajando, pero me señaló la cuerda con la barbilla.

—Proteger el campamento. No quiero depender solo del fuego…

Iba a responder, pero entonces la vi por el rabillo del ojo: una sombra tomando forma, cada vez más sólida. Las ramas se me cayeron y el ruido hizo que Briar mirara en mi dirección.

Esperaba que entrara en pánico, un grito, un «¡Ponte a cubierto!», pero él no reaccionó, se acercó a por las ramas y las colocó en el centro del campamento. Estaba tan despreocupado que pensé que no la veía. Asustada, me alejé de la sombra todo lo que pude.

—¡No te preocupes, no nos va a atacar!

—¡¿Cómo lo sabes?! —me defendí. Sentía el pulso en los oídos. Recordé la noche en la que me había atacado aquel hombre, el cojo del que habían hablado los baldos—. Esas cosas salen del suelo, o de sitios peores...

—Son malos espíritus, Kora —explicó Briar tranquilamente. Lo miré haciendo un gran esfuerzo por apartar la vista de aquella cosa—. Se dice que provienen de la magia corrompida. ¿Ves el hilo plateado que he puesto alrededor? Es un metal que ahuyenta a los malos espíritus... La plata los ahuyenta, el oro los captura. Y hay otros metales que permiten controlarlos. ¿No los usáis en las Barriadas?

Negué con la cabeza sin dejar de mirar a la sombra, que volvía a tener forma animal y que, aunque no había fuego, permanecía distante.

—Nunca he visto algo así —murmuré—. Tampoco usamos metales... La Ciudadela se queda con todos.

Un chasquido sonó a mi espalda y el fuego nació de las chispas de un pedernal, avivado por los soplidos de Briar. Me alejé de aquel incómodo calor, sobre todo porque aún sentía la quemazón bajo la piel.

—Típico de la Ciudadela —dijo chasqueando la lengua—, quedarse con todo para protegerse... —Atizó el fuego otra vez sin dejar de mirarme—. Bueno, pues me alegra decirte que, fuera de las murallas, hay mil maneras de evitar a esas cosas.

Mientras Briar preparaba su cena —una especie de carne ahumada que hizo rugir mis tripas, pero que preferí no comer, resignándome a las verduras deshidratadas y a las semillas que me quedaban—, yo no dejaba de observar a las sombras; había más de una, aunque estaban tan lejos que apenas podía distinguirlas.

Briar echó otra rama más a las llamas y yo no pude contener un respingo cuando vi que una lengua de fuego se elevaba hasta el cielo.

—Oye, Kora. —Me giré hacia él. Con el fuego tan cerca, todo me sonaba lejano. Briar estaba comiéndose la carne ayudándose de un palo. Habló con la boca llena—. ¿Por qué quieres ir a ese lugar? Piensas que los dragones no existen, así que no tiene mucho sentido…

Pese a la tensión, estaba exhausta: aún no nos habíamos recuperado del enfrentamiento con los baldos, habíamos caminado todo el día y, aunque habíamos evitado el sol todo lo posible, estaba destemplada. Pensé en decírselo, aunque no quería mostrarme indefensa, y menos antes de echarnos a dormir. Me aparté un poco más de la hoguera. El frío era afilado, pero el fuego me parecía caótico y temía que sus llamas se extendieran por el suelo y me atraparan.

Briar continuaba esperando mi respuesta. No obstante, yo no quería hablar de Simón ni de Nana con él. No quería que conociera mis debilidades.

—Tú solo encárgate de que lleguemos —dije. No me veía capaz de decir el nombre de Simón sin romperme—. Necesito respuestas.

El baldo asintió. Tiró los huesos de su comida al fuego y se tumbó sobre su mochila.

—Oh, entonces los dragones van a serte de ayuda. Se dice que son tan inteligentes que saben hasta las respuestas de sus propias preguntas...

—Los dragones no existen, Briar —le dije con apatía.

Pero él me ignoró y siguió hablando con su voz cantarina y emocionada.

—También conceden deseos, ¿sabes? —No le respondí, pero vi cómo sus manos se movían, como si danzaran al ritmo de su imaginación—. Yo solo quiero reunirme de nuevo con mi familia, con mis padres y con el resto de la caravana, y dejar de dar vueltas por este apestoso lugar. Espero que ellos puedan concedérmelo.

Iba a repetirle que los dragones no existían, pero pensé en Simón, en la gran imaginación que tenía pese a estar todo el día encerrado en casa. ¿Por qué iba a quitarle la esperanza? Yo quería respuestas y él también.

—¿Crees que en ese punto azul estará tu dragón? —Las palabras sonaban falsas en mi boca y temí que Briar se enfadara, que pensara que me estaba riendo de él.

Pero él sonrió mirando al cielo, con un brillo esperanzado en sus ojos.

—Tiene sentido, ¿no? Es un mapa oculto, dibujado con tinta mágica en un cuaderno lleno de notas sobre dragones, unicornios, manticoras... ¡Allí hay algo, estoy seguro!

«Allí hay algo, estoy seguro». Medité sus palabras mientras observaba el mismo cielo que Briar. Si había salido fuera de las murallas y me había adentrado en las Tierras Baldías, era porque yo también confiaba en que hubiera algo. Era lo que deseaba: salvar a Simón.

—Espero que tengas razón —dije para el cuello de mi camisa.

Abrí mi mochila y saqué la talla de mi hermano, sonriendo al contacto con el dragón.

Esa noche soñé con ellos. Y la canción que solía acompañarme por primera vez siguió avanzando.

Cuando princesa y bestia coincidieron, el palacio tembló.
«Su amistad está condenada»,
anunció el portavoz.

9

Un amigo es un ave rara

Casi no dormí esa noche por culpa de la sensación incómoda que me perseguía desde hacía días. Mi cuerpo pasaba de sentir un frío que me hacía tiritar a notar un calor que me cubría de sudor en apenas minutos. La preocupación de que fuera algo grave no se iba, pero intentaba convencerme de que solo era agotamiento, de que descansando se me pasaría. Por suerte, viajar con Briar tenía sus ventajas: el chico era un sabelotodo. Sabía encontrar agua bajo la superficie y descubrir pequeños animales y plantas en los recovecos o entre las piedras. Donde yo solo veía tierra, piedras y plantas muertas, él era capaz de encontrar un sinfín de posibilidades. Y, cuando llegaba la noche, hacía magia.

Nos rodeaba con aquellas estacas unidas por el hilo plateado que pasaba dos veces si veía un espíritu cerca del campamento. Luego encendía el fuego con su pedernal y conseguía que las llamas surgieran en cuestión de segundos. Briar también usaba a menudo los distintos amuletos: su bolsa estaba llena de cristales brillantes, muy diferentes a las pequeñas y apagadas piedras que usábamos en las Barriadas. Antes de cocinar, siempre comprobábamos que la comida no estuviera infectada.

—¿Estás seguro de que funciona? —pregunté con escepticismo cuando vi que el color rojo intenso no cambiaba al pasarlo por unas uvas.

Briar se rió y, en vez de contestar, cogió una, se la echó a la boca y se la tragó sin masticar.

—Estoy seguro. Mira. —Metió la mano en la bolsa—. El rojo sirve para comprobar la comida. El azul, para el agua. No tengo verdes, pero sé que, si se entierran bajo las plantas, las hace crecer con fuerza...

—¿Cómo sabes tanto? —le pregunté fascinada. Cogí un amuleto azul y lo noté frío en las manos.

Briar sonrió con melancolía. Yo ya le conocía lo suficiente como para saber que estaba pensando en su familia.

—Bueno, llevo meses solo, o mal acompañado, y sigo vivo. Todos los cuentos que nos cantaban eran para enseñarnos estas cosas. Los amuletos no son más que recipientes, normalmente piedras o cristales, que contienen aliento de dragón, de cuando aún convivían con nosotros... —Elevó las cejas sin dejar de mirarme—. Con todo lo que has visto, ¿sigues sin creer en ellos?

Me sonrojé al ver que mi expresión incrédula era tan fácil de leer.

—Es que no le veo el sentido —confesé. Ya no sentía

enfado como días atrás cuando pensaba en esos temas, sino pena. Quería que fuera cierto, creer en ello—. La tierra está contaminada, este sol es abrasador y luchamos con uñas y dientes para no caer enfermos. Es normal buscar una salida para huir de aquí, pero los cuentos son cuentos.

Aunque Briar no había dejado de preguntarme acerca de las Barriadas y de mi vida, yo aún no me había atrevido a hablarle de mi familia. Era tan curioso como Simón.

—Entiendo que es difícil creer en lo que no ves, pero estás de suerte. —Briar me pasó una fruta antes de guiñarme un ojo—. A los dragones les gusta mucho la gente a la que le cuesta creer…

Resoplé y Briar soltó una carcajada que avivó cierta esperanza en mí, como si todo pudiera ser mejor de lo que en realidad era. Terminamos de comer y, como todas las noches, Briar echó un vistazo a mi bolsa.

—¿Me lo prestas? —dijo con timidez—. Un ratito.

Sabía a lo que se refería. Aún tenía la bolsa a mi espalda porque, aunque Briar no era peligroso, seguía siendo un baldo y no confiaba del todo en él. Me tomé unos segundos para pensar antes de dejarle el cuaderno.

Briar lo miraba con deseo. Lo cogió con mucho cuidado y lo posó en el suelo. Observaba cada página con admiración. Yo me acerqué un poco, no solo para detenerlo si intentaba llevárselo, sino porque cada día descubríamos algo nuevo entre sus hojas.

Esa noche se detuvo en una en la que, tras pasar el amuleto, había descubierto pequeños puntos azules. Fruncí el ceño al verlos, no entendía qué significaban. Si es que significaban algo...

—Quizá hay que usar otro amuleto —propuse—. De otro color...

—Qué va —respondió—. Esto es todo lo que un jinete necesitaba en su momento. Mira aquí.

Me señaló un grupo de puntos que estaban más juntos que otros. No había nada más en la hoja. Parecían gotas de tinta salpicada sin ningún orden, pero antes de que pudiera decírselo Briar señaló el cielo.

—¿Lo tienes? Ahora mira al cielo, esas estrellas de ahí.

Le hice caso. El cielo estaba lleno de estrellas. Era una noche despejada y pude distinguir las diferentes tonalidades de oscuridad, la intensidad del brillo de las estrellas. ¿Qué tenía que buscar? ¿O era cuestión de esperar a que algo apareciera, como la tinta mágica en el mapa?

Briar pareció leerme el pensamiento.

—Mira a tu derecha. ¿Ves esas tres estrellas que forman una línea? La del medio brilla más.

Al principio no las distinguí, pero Briar me guio pacientemente y entonces lo vi claro, como si siempre hubieran estado ahí. Miré la hoja sorprendida. ¡Era el mismo dibujo! Esos puntos no eran una simple mancha en una hoja.

—¡Son las estrellas! ¿Cómo sabían que tendrían esta disposición?

—Porque siempre son las mismas formaciones, así que los jinetes las usaban como guía al volar. Esa es la constelación del Dragón. O del Halcón, para escépticos como tú —se burló.

Mirar al cielo con aquel nuevo prisma era extraño y fascinante. Deseé tener a Nana cerca para preguntarle sobre aquellas páginas y su significado, y si ella sabía todo lo que había en ellas, pues yo seguía creyendo que tenía un sentido lejos de la magia aunque cada vez me costaba más verlo.

—Imagina... —Los ojos de Briar brillaban al hablar—. Ir a lomos de un dragón, agarrado a sus escamas... Entonces la noche cae y estás volando entre las estrellas, sin perder el rumbo...

En mis sueños nunca había volado de noche, pero podía imaginarme sobre mi dragón.

De pronto, una oleada de calor me subió por el cuello hasta la cabeza. Cerré los ojos con fuerza, pero incluso así podía ver fuego en ellos, como si mi cuerpo fuera una hoguera. Al abrirlos de nuevo, Briar me observaba con preocupación.

—Estoy bien —murmuré, aunque me sentía débil.

La sonrisa de Briar se apagó con preocupación.

—Estás muy pálida, no te creo. El calor es muy peligroso, aunque avancemos por la sombra. Durante el día llevas demasiada ropa. Tienes que estar asándote... —Rebuscó en su mochila hasta sacar un bote de cristal—. Prueba la piel baldía. Te la echas sobre la piel y te protege. Te da el color anaranjado, pero solo eso...

Sí, podía estar más protegida, andar más ligera. O podía enfermar, como Simón. El sol no era lo único que podía ser peligroso. También lo eran el suelo, el polvo que respirábamos, incluso las sombras de la noche. Todo.

—Vestir así es lo más seguro —razoné, aunque el ardor de las mejillas y la sensación de mareo luchaban por convencerme de lo contrario—. Me voy a dormir, dame el cuaderno.

Briar tardó unos segundos en decidirse. Se mordió el labio, parecía no querer alejarse del cuaderno. Verlo así me ponía muy nerviosa. ¿Y si me lo robaba y me dejaba tirada? Cada vez parecía más interesado.

Finalmente, me lo devolvió con expresión triste.

—Abrígate. Duermes tan lejos del fuego que vas a enfermar con el cambio de temperatura.

Asentí sin decir nada, concentrada en el dolor de estómago y en vencer la sensación desagradable que me producía estar muy cerca del fuego. Deseaba que mi malestar fuera fruto de la comida o que Briar tuviera razón y fuera un golpe de calor, como a veces pasaba en las Barriadas. Las hierbas de mi abuela me hubieran ayudado, pero los baldos las habían tirado.

Briar se tumbó cerca del fuego, no sin antes comprobar el hilo plateado y el resto de las defensas. Tras un rato sin poder dormir, lo encontré mirando el cielo, de nuevo con una media sonrisa.

Me desperté extrañamente bien, como si el latigazo de calor de la noche anterior hubiera sido solo una pesadilla. Mi cuerpo estaba más cansado de lo habitual, pero tenía sentido: nunca había caminado tanto. Y ese día no iba a ser diferente: decirle al baldo que bajase el ritmo era aceptar que me pasaba algo.

Era el cielo lo que guiaba a Briar cada mañana. Para mí, el mapa con el punto azul todavía resultaba imposible de interpretar, pero para él todo parecía tener sentido y no dejaba de recordármelo con una emoción cada vez menos contenida.

—¡Mira! —señaló el cielo.

Era de día, así que ya no se veían estrellas.

Seguí su dedo sin disimular mi cansancio. Llevábamos todo el día andando bajo aquel sol cegador y la sensación de frío y el temblor habían regresado y reptaban hasta mi cabeza. Aprovechaba cuando Briar se adelantaba para sentarme, pero en ese momento me apoyé en una pared, con los ojos entrecerrados.

—No se ven las estrellas —respondí con el enfado que le dedicaría a Simón ante una de sus teorías infantiles.

Estaba tan cansada que no tenía paciencia.

Briar negó con la cabeza.

—¡Lo sé! ¡Digo allí!

Soltando un suspiro, volví a mirar en la dirección que me indicaba y unos pequeños puntos negros llamaron mi atención. Se movían, tenían alas. Me quedé sin palabras. ¿Era lo que parecía? Briar se adelantó a mis pensamientos.

—¡Son pájaros! Tiene que haber agua cerca.

Pájaros. Yo solo los había visto en alguna exposición de

los noblos, y dentro de jaulas, ¡no sabía que podían volar tan alto!

—¡Vamos por buen camino! —Briar se limpió el sudor y se peinó—. En el mapa aparece un estanque, y algo de magia tiene que haber allí... ¡porque hay agua!

Estaba tan sumida en mis pensamientos que apenas escuchaba a Briar. ¿Qué me habían parecido esos pájaros? No me atrevía a decirlo ni en mi cabeza. ¡Dragones! Los cuentos de Simón se habían entremezclado con las historias de Briar y con mi deseo incansable de curar a mi hermano. Y allí estaba yo, imaginando dragones. ¿Cómo había podido caer en esas fantasías?

—¿Kora?

Di un respingo al ver a Briar tan cerca. Me observaba con expresión preocupada, pero yo estaba tan enfadada que las mejillas y el cuello me ardían. Veía todo desdibujado a mi alrededor.

—¡Esto no tiene sentido! —Contuve unas lágrimas que prometían evaporarse al tocar mi piel—. Allí no hay nada. Este lugar es solo muerte, no voy a conseguirlo, no...

Briar me agarró de los brazos y noté una presión adormecida. Tenía los ojos abiertos, pero no le veía.

—Abre la boca —escuché.

Me encontraba tan mal que pensé que iba a vomitar. Intenté dar un paso atrás, pero Briar me detuvo y se encargó de abrirme él la boca. Le escuché suspirar.

—Lo que me temía...

Volví a mi casa. Al silencio del curandero antes de hablar de la enfermedad de Simón.

No podía caer enferma. No estando tan cerca de una posible respuesta.

Mi cuerpo ardía como si estuviera envuelta en fuego. Cuando me desmayé, solo había oscuridad.

Soñé con el dragón, aunque no volábamos. Ni siquiera lo veía en la oscuridad; solo notaba su respiración profunda, como si saliera de mi propio pecho. Alargué la mano para buscarlo, aunque al hacerlo no sentí sus escamas; era como un fantasma sin cuerpo, pero de un color azul cegador.

Al instante, nos rodeaban las llamas.

Eran tan altas e intensas que no podía ver más allá de ellas. Grité, pero el rugido del fuego era ensordecedor. Quería despertar y huir de aquel calor asfixiante; sin embargo, mis músculos estaban agarrotados y me dolían.

—Tienes que beber, Kora...

La voz era lejana y, aunque no la reconocía, le hacía caso. El agua sofocaba parte del fuego. Podía oler también las hierbas de Nana, como si ella estuviera allí y no a kilómetros de mí.

Volví a caer muchas veces, tantas que perdí la cuenta. El dragón estaba cerca de mí, cada vez más agitado y enfadado. Cuando el fuego nos rodeaba, su cuerpo se difuminaba hasta transformarse en una luz azul y yo me quedaba sola entre las llamas sin poder defenderme. Entonces, sentía de nuevo el frescor del agua. El olor intenso de las hierbas. Las manos rugosas de mi abuela. Y me sentía a salvo.

Fue la canción de Nana la que me sacó de la oscuridad. Cuando abrí los ojos, me encontré con las estrellas. Busqué la constelación que Briar me había enseñado y al encontrarla tuve la corazonada de que todo estaba bien, de que el suelo era sólido y de que no caería otra vez a aquel infierno.

—¡Kora!

Briar, que estaba avivando el fuego, corrió hasta donde yo estaba como una exhalación, con una sonrisa de oreja a oreja. Se agachó a mi lado.

—¡No te levantes! —me advirtió—. La fiebre de las Tierras Baldías siempre deja muy mal cuerpo.

¿Fiebre de las Tierras Baldías? Notaba la garganta seca, pero Briar ya tenía la botella de agua preparada.

—Bebe —murmuró. Sentí que había escuchado muchas veces esa palabra—. Dentro de un rato tendrás un hambre voraz. Es normal. Llevas aturdida varios días. ¿No te acuerdas de nada?

¿Varios días? Sí, me parecía que aquello había durado una eternidad, pero no esperaba que fueran días. ¡Tenía que seguir o sería tarde para Simón!

Me apreté la cabeza mientras trataba de adivinar dónde nos encontrábamos. Estábamos en una especie de llanura, protegidos entre varios troncos, aunque lo último que yo recordaba era el desfiladero.

—¿Dónde estamos?

—Cerca de nuestro destino. Falta muy poco. —Briar no

dejaba de mirarme—. Por momentos, eras capaz de andar apoyada en mí, pero otros te he tenido que llevar... Era mejor que quedarnos parados.

No podía creer lo que escuchaba. Solté el aire contenido y tosí. Briar me ofreció agua, pero aparté la botella de mi cara mientras buscaba a mi alrededor sintiendo el terror en el estómago.

—¿Y mi bolsa? ¿Y mi cuaderno? ¿Dónde...?

Briar abrió bien los ojos por la sorpresa. Yo sabía que codiciaba mi cuaderno y había evitado que me lo robara durmiendo abrazada a la bolsa, pero llevaba mucho tiempo inconsciente. Quizá ya se había hecho con él y solo había esperado a que me despertara para irse sin sentirse culpable. O quizá me necesitaba para averiguar algo...

—A tu espalda —respondió con calma. Distinguí el enfado en su voz—. Te lo he puesto de almohada mientras te cuidaba —añadió.

Dejó la botella a mi lado y regresó a la hoguera con el ceño fruncido. Aunque sentí cierta culpa, me giré y cogí la mochila para rebuscar hasta dar con el cuaderno y la talla de madera de mi hermano. Todo estaba a salvo, lo que me hizo sentir aún peor.

—¿Cómo lo has llamado? —pregunté. Briar me miró de soslayo—. A lo que me ha pasado.

Briar tiró una rama al fuego con fastidio.

—Fiebre de las Tierras Baldías. Es muy común, es por culpa del calor. Por suerte, llevaba las hierbas correctas, así que todo ha ido bien.

Claro, por eso reconocía los olores; pero mi enfermedad... provenía de las Tierras Baldías. No podía ser tan simple curarse.

—¿Es una de esas enfermedades incurables? —Mi voz temblaba—. ¿Cuánto me queda?

—Ya estás bien —aclaró—. Quizá tengas hambre y mareos, pero eso es todo. La mayoría hemos pasado por ello.

Estaba bien. Podría seguir ayudando a Simón. Las lágrimas empezaron a caer por mis mejillas sin control. Durante días había sentido que ardía, que me convertía en cenizas. Pero lo había superado.

Briar se fue aproximando poco a poco, no sabía por qué lloraba. Se había olvidado de su enfado, pero yo no.

—Lo siento mucho. Siento haber desconfiado de ti... —Apenas podía hablar por el llanto.

—No te preocupes. Me conociste junto a unos ladrones. —Encogió los hombros—. Yo también habría desconfiado de mí.

Sonreí ante su intento de broma y recordé aquel día.

—¿Sabes por qué me acerqué? Escuché una canción que siempre me recitaba mi abuela. —Había pensado que moriría y que no volvería a escuchar a Nana—. Hoy también me ha parecido escucharla...

Me callé porque Briar me miraba sorprendido. Sus mejillas se encendieron tanto que lo distinguí en la penumbra. Le miré interrogante.

—Briar, ¿qué...?

Briar se aclaró la garganta y empezó a cantar. Reconocí el ritmo en la primera sílaba.

—«Corrió la sangre, los muros ardieron. Fue la mano real quien traicionó al dragón, pero fueron ellos quienes desaparecieron».

Mi boca se abrió inconscientemente. ¡Era la canción de Nana! ¡De mis padres! Yo no conocía la letra, solo había escuchado aquellos versos la noche en que le había conocido a él, pero la melodía…

—¿Cómo te sabes esa canción?

—Mi familia siempre la cantaba. —Briar sonrió con socarronería—. Acabarás creyendo en los dragones, Kora.

10

EN PIEDRA TE CONVERTIRÁS

Estar plenamente consciente solo consiguió que recordase lo cansada que estaba. Mi cuerpo había luchado contra la fiebre, pero no tardé en darme cuenta de que Briar era la otra razón por la que ya estaba curada: él había insistido en descansar y, aunque lo decía sobre todo por mí, yo sabía lo exhausto que estaba tras haberse encargado de mí durante aquellos días.

Acertó con su pronóstico. Me entró un hambre voraz y me sorprendí al ver que él ya tenía comida preparada: un cuenco lleno de las frutas y verduras pequeñas que habíamos ido encontrando, pero también carne ahumada y especiada.

—Te recuperarás más rápido si comes carne. —Briar se rio al ver mi expresión de asco—. Está buena, de verdad. Y ya he comprobado que no está enferma. ¿Quieres que te lo demuestre?

Negué con la cabeza antes de que se hiciera con su mochila para coger los amuletos.

—Briar, eres muy terco. Pero te creo.

Y era verdad. Briar me había demostrado que no solo me acompañaba por el cuaderno.

La carne estaba riquísima. Apenas la había probado en las Barriadas, siempre seca y dura, especiada por Nana. Pero aquella estaba jugosa y sentí que mi cuerpo recuperaba las energías. Briar también me había convencido para echarme aquel mejunje anaranjado, la piel baldía, y aunque era escéptica, en cuanto anduve un rato sin la pesada protección y vi que el sol no me quemaba, aprecié lo cómodo que era no llevar abrigo y el rostro cubierto. Me sentía ligera, fuerte, y recorrimos más kilómetros que cualquier otro día.

—«Sin jinete, sin esperanza y sin amor, Azur cayó en un profundo sueño, condenado por traidor. Con él se fue la magia, sin él, el mundo murió» —canté, y sonreí al ver que Briar negaba con la cabeza.

—¡No es así! «Sin jinete, sin esperanza y sin corazón, Azur cayó en un profundo sueño, condenado por traidor. Con él se fue la magia, sin él, el mundo enfermó».

Nos podíamos pasar horas hablando de las canciones. Briar me cantaba otras melodías que había aprendido de su familia y yo comencé a hablarle más de Nana, de que ella también se sabía cientos de historias y de cómo me había enseñado a usar las hierbas. Briar me preguntaba sobre ellas y pronto nos encontramos compartiendo muchos más intereses de los que podía esperar. Menos uno...

—Sigo sin entender por qué no crees en los dragones.

—Porque no hay rastro de ellos —le dije con tristeza. Y, antes de que él me interrumpiera, añadí—: Sí, dices que los amuletos son piedras y cristales que contienen aliento de dragón, pero eso no puedes saberlo.

—Lo dicen las leyendas. —Para él, aquella era una explicación lógica—. ¿Por qué todas iban a parecerse tanto si no tuvieran algo de verdad?

Ninguno de los dos convencía al otro y cada día que pasaba en las Tierras Baldías me dejaba sin argumentos, así que encogí los hombros.

—Bueno, según tú, en el punto azul habrá un dragón dormitando, esperando a que nosotros lleguemos y le hagamos un ritual sanador, o como quieras llamarlo…

—Tendremos que despertarlo, sí —dijo Briar—. Y entonces nos lanzará una prueba, a los dragones les encantan las pruebas. Y, cuando la superemos, nos preguntará qué queremos. Yo le diré que quiero encontrar a mi familia. Y tú… —Frunció el ceño—. ¿Qué le pedirás tú?

Todavía no le había hablado de Simón, solo le había dicho que tenía un hermano. Pero Briar pensaba que hacía todo aquello para encontrar respuestas.

—Cuando lo tenga delante, lo sabrá. Son superinteligentes, ¿no?

Briar sonrió. Sus ojos brillaban con curiosidad, pero supo que no debía preguntar más.

Seguimos andando hasta que se puso el sol. La llanura era cada vez más escarpada y con pequeñas lomas que no dejaban ver más allá. Briar comenzó a avanzar con más lentitud y cambió de dirección varias veces. Finalmente, se detuvo y se rascó la cabeza confuso.

—¿Me prestas el mapa? —preguntó.

Abrimos el cuaderno y observamos el punto azul. Briar parecía dudar.

—No tengo claro en qué dirección debemos ir… Según el mapa, aquí había una laguna, pero ya no estará, claro… ¿Y cómo podemos saber qué montaña es la que buscamos? Hay tantas…

Le miré sin saber cómo ayudar. Estaba atardeciendo. Observé el color anaranjado en el suelo, cómo dibujaba el contorno de las piedras que se amontonaban hasta formar cúmulos… Era un espectáculo increíble: en las Barriadas, el atardecer se perdía entre las casas y las murallas no nos dejaban ver el horizonte.

Subí a lo alto del montículo más cercano para ver mejor e intentar ayudar a Briar a orientarse y, sin querer, me encontré con un paisaje que no olvidaría jamás.

La colina descendía hasta un extenso valle donde el suelo parecía haberse quebrado. Estaba cubierto de piedras lisas y largas rodeadas de enormes grietas en las que cabría una persona. Al fondo, al pie de una montaña, donde debía estar el suelo podía verse el cielo. Sí, el cielo. Era una superficie brillante, dorada y anaranjada, un enorme espejo tumbado boca arriba, y a su alrededor la tierra tenía vida: había hierba, parecida a la que crecía bajo las plantas de casa, pero aquella parecía fuerte y fresca, y tan alta que, calculé, llegaba a la altura de mis rodillas. Los árboles crecían verdes y con muchas ramas alargadas y cubiertas de hojas.

—¡Bri… Briar! —La voz me temblaba. Estaba nerviosa y feliz—. ¡Tienes que ver esto!

El baldo dijo algo, pero yo estaba tan fascinada que no le escuché. Solo cuando llegó a mi lado y lanzó un silbido de admiración, vi su sonrisa.

—¡Ahí está, el oasis! —¿Así que aquello era un oasis? Nunca había imaginado que pudiera existir algo igual—. Hay un montón de agua, nunca había visto tanta junta…

Pestañeé. Era agua. ¡Aquel espejo era agua!

—Tenemos que bajar. —Briar tiró de mí, pero esta vez opuse resistencia, aunque todo mi cuerpo deseaba tocar todo lo que veía.

—Ya es casi de noche —le recordé.

Briar negó con la cabeza.

—Los malos espíritus temen el agua porque está llena de vida y pertenece a Azur, el rey de los dragones… —Sonrió con bravuconería—. ¿O es que no escuchas las canciones?

Mi corazón estaba tan acelerado, tan expectante y lleno de esperanza que hice caso a Briar y bajé la colina con él hasta llegar a la llanura. Nuestro avance era lento: teníamos que descender por las piedras, ayudándonos para evitar las enormes grietas. Queríamos llegar al agua, pues allí se encontraba el punto azul que podía ser la solución a nuestros problemas. Briar lo llamaba dragón. Yo aún no le había puesto nombre, pero, si curaba a Simón, era suficiente.

Ya estaba entrada la noche cuando conseguimos acercarnos. ¡Realmente había mucha agua! En las Barriadas, recogíamos el rocío de por las mañanas o la conseguíamos en pequeños pozos, y en la mayoría de los casos era marrón. Pero el agua que tenía delante era transparente. Estaba segura de que si brillara el sol podría ver el fondo.

—¿Crees que tiene propiedades curativas? —pregunté esperanzada. Temblaba al pensar que podía tener la solución para Simón delante de mí—. ¿Como si fuera una infusión para enfermedades mágicas?

Briar era quien tenía siempre las respuestas, quien creía que había un mundo mejor que las Tierras Baldías. Negó con la cabeza.

—Es agua, como la que bebemos, pero hay tanta... ¡Por todos los dragones!

Al otro lado de la laguna, estaba la montaña. Al verla más de cerca, descubrí una especie de cueva cuya entrada estaba oculta por las plantas. Sentí un cosquilleo al elevar la mirada hacia la montaña y ver los huecos esculpidos en la piedra.

Me tambaleé hacia atrás, víctima de la sorpresa.

Reconocía aquel lugar. De mis sueños. La montaña había estado cubierta de verdor, sí. Y esa agua, ese valle... ¿Era aquel el enorme lago en el que siempre aterrizaba con el dragón?

Briar me sacó de mis pensamientos. Me agarró de los hombros y tiró de mí hacia abajo para ocultarnos en una de las enormes grietas que formaban las piedras levantadas. Cuando le miré, sorprendida, me tapó la boca.

—¡Hay alguien al otro lado del lago! —susurró nervioso.

No, no podía ser. ¿Era la guardia? ¿O quizá el hombre cojo me había seguido hasta allí? Me apoyé contra la piedra y me arrastré hasta una pequeña abertura, por donde pude entrever lo que ocurría: había una luz anaranjada tenue que iluminaba a unas figuras vestidas con largas túnicas de colores que salían de la cueva en la que yo había entrado cientos de veces en mis sueños. Serían unas veinte personas, cada una portando un farol como los de los guardias de la Ciudadela. Parecían tranquilas hablando entre ellas, pero desde donde estábamos no éramos capaces de escuchar lo que decían. Traté de ver si llevaban armas, de distinguir el brillo de las armaduras.

De pronto Briar, al asomarse un poco para poder ver mejor, hizo que una piedra golpease el suelo con un fuerte estruendo. El eco resonó y las personas se giraron entre exclamaciones de sorpresa. Dos se quedaron de pie señalando en nuestra dirección.

—Nos han visto. Tenemos que irnos de aquí —dijo Briar.

—¡Te dije que no era buena idea bajar!

—¡¿Mejor haberlo hecho de noche?! —Era extraño gritarse susurrando—. Hay cientos de grietas y agujeros. Sígueme.

Ver a Briar asustado no era bueno. Me cogió de la mano y salimos juntos del escondrijo, saltando entre las piedras: confirmamos a los guardias que estábamos allí, pero era la única forma de buscar otro escondite. Le seguí como pude, con las piernas temblando por el miedo, hasta que tropecé.

Noté el tirón de Briar, que no me soltó: me arrastró hasta que conseguimos colarnos en otra grieta.

Tras lo que me parecieron horas de búsqueda, dimos con una abertura cubierta por arbustos. Para entrar, pasamos por encima de ellos, arañándonos los brazos. El hueco era tan estrecho que nuestras rodillas se tocaban y nuestras respiraciones estaban tan agitadas que apenas escuchábamos a nuestros perseguidores.

—¿Qué hacemos? —pregunté a Briar presa del pánico.

Briar miró al fondo del escondrijo y comenzó a cavar con sus manos.

—Esto parece tapar algo... —Se echó a un lado—. Ayúdame a apartar las ramas. Escucho eco cuando las piedras caen...

—¡Se nos pueden caer encima, Briar! —le dije angustiada.

—Prefiero eso a que me capturen —gruñó—. ¡Confía en mí!

Yo también prefería correr ese riesgo, sobre todo tras haber visto la montaña de mis sueños. Trabajamos juntos, no sé durante cuánto tiempo. Notaba el corazón latir en los oídos. Cuando las ramas y la tierra cedieron, el agujero que Briar había visto se hizo tan grande que nos engulló. Comencé a resbalar sin poder agarrarme a nada, ni siquiera pude gritar. Cualquier atisbo de luz desapareció y solo escuchaba el ruido que hacíamos al caer. Cuando llegamos al suelo, se hizo el silencio. Todo estaba tan oscuro que solo la voz de Briar me confirmó que seguía vivo y que yo también.

—¿Te has hecho daño? —me preguntó, y el eco repitió sus palabras.

Me dolía todo el cuerpo, pero pude ponerme de pie. Tosí al respirar por el polvo pesado que había en el ambiente.

—No, estoy bien. ¿Y tú?

Miré a mi alrededor. ¿Por dónde habíamos caído, dónde estábamos? Ni siquiera me atrevía a moverme.

—Menos mal —murmuró Briar—. ¡Yo también estoy bien! Oye, Kora… —Se tomó unos segundos—. Voy a usar el pedernal, ¿vale? No te asustes.

Tragué saliva al pensar en el fuego. Briar debía de haberse dado cuenta ya de mi miedo: ¿y si el fuego se descontrolaba?, ¿y si el polvo que había en el aire era inflamable?

Un chasquido acompañó a la luz y una chispa cayó desde el pedernal, sin extenderse ni atacarme. Aunque duró apenas un momento, pude distinguir el brillo curioso en los ojos de Briar, su rostro lleno de polvo. Junto a todas las piedras que habían caído con nosotros encontró ramas secas. Golpeó de nuevo el pedernal hasta que una prendió. Luego usó un trozo de tela que llevaba entre sus cosas para fabricar una antorcha en un abrir y cerrar de ojos.

—Sí, parece que está bien… Pensaba que no salíamos de esta… Espera, ¿eso es…?

La luz definió un poco el lugar: el techo estaba tan arriba, en el centro, que apenas se veía, pero se apreciaba el color oscuro de la piedra. Briar se acercó corriendo a la pared y, al iluminarla, yo también vi lo que había llamado su atención: eran dibujos. Los colores estaban ennegrecidos por el polvo y la humedad, pero se reconocía la escena: era la calle de una ciudad, con casas pintadas de blanco y decoradas con toldos de colores. Me fijé en los marcos azules y en el verde de las montañas que se dibujaban en el fondo. En el centro, mucho más grande que las casas, aparecía un dragón rojo sentado sobre sus cuatro patas, con la cola enrollada alrededor del cuerpo y la cabeza erguida para observar, con unos ojos dibujados de amarillo, a la gente que parecía bailar y festejar cerca de él.

—Kora, ¡lo hemos encontrado! ¡Estamos en el escondite del dragón! —Briar me miró señalando el dibujo—. ¡Estamos en el punto azul!

Sentí una presión en el pecho que me obligó a sonreír. No quería ilusionarme. Aquello no significaba nada, solo eran unos dibujos que podía haber hecho cualquiera, y a saber cuándo, pues la capa de polvo que los cubría era espesa. Los observé con cautela mientras Briar se movía con la antorcha cerca de las paredes.

—Bien, esto es importante si nos encontramos con el dragón —balbuceaba emocionado—. Seguramente estará durmiendo. Odian que los despierten con golpes, así que tendremos que hacerlo con luz. Y, cuando lo hagamos —pasó a mi lado y siguió andando por la sala—, primero debemos mostrar nuestros respetos, sin mirarlo a los ojos. Probablemente respire muy fuerte y nos parecerá que todo tiembla, pero los dragones respetan a los humanos que no tienen miedo. Con que no salgamos corriendo, será suficiente... ¿Te imaginas que bosteza? Me encantaría ver sus dientes, ¡pero también me daría miedo!

Briar se tropezó con algo que había en medio de la estancia y se cayó de culo al suelo. La antorcha voló de su mano y rodó hasta golpearse con el obstáculo que lo había derribado: parecía una piedra alargada que sobresalía del suelo, tan negra que la luz de la antorcha brillaba sobre ella revelando unas escamas talladas. La piedra fue alargándose y, aunque empecé a temer lo que estaba viendo, no fue hasta que Briar recuperó la antorcha con nerviosismo y la levantó que reconocimos la enorme figura.

Aquello no era una piedra, era una cola, y no marcaba más que el inicio de un inmenso cuerpo. Mi boca se abrió sin querer mientras miraba aquel gigantesco pecho cincelado, las enormes patas apoyadas en el suelo, con las garras clavadas en la tierra. Unas alas sobresalían a los lados preparadas para extenderse y alzar el vuelo. Recordé entonces mis sueños, el sonido del viento al volar sobre el dragón, y lo sentí tan real y tan auténtico que no entendí cómo no había creído en ello.

Briar tenía razón. Simón tenía razón. ¡Las historias eran reales! ¡Mi sueño era real! El baldo se acercó a mí sin apartar la vista del pecho del dragón: la oscuridad no nos permitía ver su rostro, pero yo sentía una fuerza dentro de mí, un deseo irrefrenable de conocer a la criatura que teníamos delante. Agarré el brazo de Briar para comprobar que no estaba soñando. Briar sonreía con los ojos brillantes.

—He... hemos encontrado al dragón, Kora.

Asentí. Tenía la boca seca y todo mi cuerpo tiritaba por la magnitud de lo que teníamos delante.

No me acordaba de ninguna de las indicaciones que acababa de darme Briar, pero mi corazón me decía que no estaba conociendo a aquel dragón, sino reencontrándome con él.

Que mis sueños, los mismos que me habían empujado hasta allí, se estaban haciendo realidad.

11

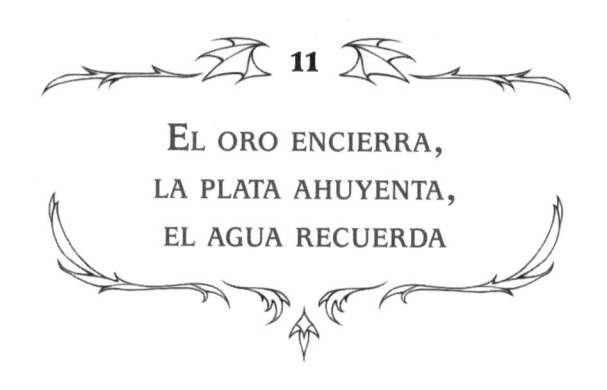

El oro encierra, la plata ahuyenta, el agua recuerda

Avanzamos un par de pasos, despacio, sin hacer ruido, tan asustados como emocionados. Briar carraspeó e hizo una pequeña reverencia. Le imité con torpeza.

—Sentimos molestarle, soberano dragón... —balbuceó.

Vi de soslayo cómo Briar levantaba la antorcha. Aún con los labios separados, alzó las cejas y su temor inicial se fue transformando en sorpresa. Se le veía cada vez más pálido, incapaz de apartar los ojos del dragón.

Aunque me notaba todo el cuerpo rígido, yo también me atreví a levantar la vista y enfrentarme a la criatura de cuya existencia había dudado horas atrás.

Solté un respingo. La luz de la antorcha iluminaba todo el cuerpo, también el pecho, que ascendía hasta un cuello ancho y fuerte, que debería haber sujetado una cabeza que no estaba allí.

La cabeza... ¡Le faltaba la cabeza!

Distinguí también la textura de las escamas, la falta de

vida propia de una estatua. La piedra negra estaba tan pulida que ni el polvo se posaba en ella.

Apreté las yemas sobre la superficie fría, enfadada. Decepcionada. Había arriesgado todo para llegar allí. Si el punto azul no era más que esto…

—N… No… Algo tiene que ir mal. —La sonrisa de Briar había desaparecido—. ¿Dónde está la cabeza?

Con la respiración agitada, miraba a su alrededor, pero allí no se veía nada. Inspiré hondo e intenté recomponerme, aunque no era sencillo: la estatua nos recordaba todo lo que nos había salido mal.

—Quizá de aquí vienen todas vuestras historias —murmuré desilusionada. Tenía que habérmelo esperado, ¿en qué momento había creído que todo aquello podría ser cierto?—. De esculturas como esta.

—¡Son reales! —Di un respingo cuando Briar gritó. Continuaba mirando la figura, rascándose la cabeza nervioso. Se acercaba, la tocaba, buscaba desesperado algo entre las escamas—. No lo ha tallado nadie, tiene que ser un dragón convertido en piedra o…

No le llevé la contraria, prefería que él mismo se diese cuenta de la realidad: los dragones no existían, eran leyendas inventadas para explicar catástrofes que nadie entendía. Observé las pinturas de las paredes. Me parecían retratos de civilizaciones imaginarias, aunque tenían algo hipnotizante y en todos aparecía un castillo blanco junto a un sol naciente en el horizonte.

No pude ver más, pues Briar echó a andar con la antorcha y me quedé en la penumbra. Cruzó el umbral de un gigantesco pasadizo hacia el resto de estancias de la cueva.

—¡Seguro que la cabeza está en algún lado! ¡Y volverá a despertar! —dijo.

—¡Briar, espérame!

Corrí hasta él a lo largo de las columnas decoradas con formas enrevesadas que ascendían hasta un techo altísimo. El baldo caminaba sin rumbo, tropezándose por el suelo irregular. Pasamos por un aplique para antorchas que imaginé que no funcionaría, pero él acercó la llama sin dudar. Se oyó un chasquido que dio paso a una luz anaranjada y, como una avalancha, decenas de luces estallaron a nuestro alrededor.

Presa del pánico, di varios pasos atrás y tropecé. Mi peor pesadilla se haría realidad y las llamaradas me rodearían. Cerré los ojos y, aunque esperaba sentir una oleada de calor, no fue así.

Tardé unos segundos en abrir los párpados y dejé a un lado el miedo cuando vi que las antorchas que decoraban las columnas se habían encendido. Estábamos en un corredor de piedra altísimo y, aunque los dibujos que habíamos visto en la habitación anterior me habían dejado sin respiración, esta sala hizo que me olvidara de todo lo anterior.

El techo estaba pintado, aprovechando las imperfecciones de la piedra. Había dragones de diferentes colores, algunos alargados y otros con las alas desplegadas y las fauces abiertas, pero también otros animales. Me recordaban a los que Simón dibujaba de las historias de Nana: unicornios de cuernos brillantes corriendo en manada, mantícoras de pelo largo y alas extendidas, incluso un ave envuelta en fuego. Algunas zonas estaban mejor conservadas y en ellas destacaban los colores verdes y azules. En otras partes, en cambio, apenas quedaban esbozos que el paso del tiempo había desdibujado.

El descubrimiento no consiguió sacar a Briar de su cabezonería. Miró a su alrededor con los ojos bien abiertos. Se fijó en las paredes y se acercó sin pensarlo. Tocaba cada centímetro, metía la mano en los huecos desgastados por el tiempo.

Aquel lugar parecía un templo abandonado. Del pasillo salían pequeñas salas decoradas con más dibujos o estatuas de dragones. Seguí a Briar a inspeccionarlas, pero en todas ellas intentaba algo: echaba lo que él decía que era polvo de hueso de unicornio, cantaba un salmo en un idioma desconocido o colocaba amuletos sobre las estatuas para que estas absorbieran su poder. Nada funcionaba y la piedra continuaba tan inerte como antes.

Al ver que no funcionaba, regresaba al enorme corredor, cada vez más enfadado. Harta, lo detuve tirando de él.

—Te recuerdo que hemos venido aquí huyendo de alguien —le reprendí intranquila por el crepitar del fuego—. ¡No deambules solo por este laberinto!

—Tiene que estar por algún lado —balbuceó—. Estamos en el punto azul, todo tiene que estar aquí… ¡Los dragones! ¡Todo! Si encuentro la cabeza, el dragón me concederá un deseo. Me dirá dónde está mi familia y la liberaré y…

—Briar, ¡basta!

—Tienen que estar aquí, Kora. —Le temblaba la voz, tenía los ojos vidriosos—. Llevo años buscándolos. Los dragones existen y son los únicos que me pueden ayudar...

Aunque yo deseaba calmarle, no encontraba las palabras correctas. Entendía su decepción, yo misma deseaba que todo fuera verdad. Como no añadí nada, siguió buscando desesperado y echó a andar hasta la siguiente sala.

De repente, escuchamos un chasquido que resonó por toda la sala. Briar se detuvo y se miró su pie, tenso. Entonces, vi que había pisado una baldosa que estaba más hundida.

—Oh, se me ha olvidado comentarte una cosa —murmuró y se giró para mirarme con los ojos bien abiertos—. Se decía que estos sitios... tenían trampas.

—¡¿Qué?!

El suelo tembló con tanta fuerza que se levantó polvo. Me cubrí la nariz y la boca con el pañuelo, aunque no llevaba mis gafas protectoras. Sentía los ojos llorosos, pero perdería el equilibrio si los cerraba.

Las sacudidas empeoraban por segundos. El suelo empezó a inclinarse, mi pie se resbaló y caí. A pesar de la sensación de vértigo, conseguí agarrarme al borde de una de las losas que no se hundían.

—¡Kora, conozco esta trampa! —escuché a Briar por encima del estallido de las rocas, aunque era incapaz de verle entre el polvo—. ¡El suelo se va a convertir en una rampa y caeremos a un agujero del que no podremos salir! ¡Sujétate donde puedas!

—¡Eso es lo que intento! —grité, aunque deseaba regañarle por no haberlo dicho antes.

Consciente de lo que podía pasarme si me soltaba, intenté arrastrarme por la rampa hasta la pared, donde podría agarrarme a algún recoveco y que, sobre todo, no temblaba tanto como el centro. Fui avanzando poco a poco, notando cómo el suelo se inclinaba más y más. Mis brazos estaban a punto de soltarse, cansados de soportar los temblores, cuando toqué el muro a mi lado.

Ni siquiera lo pensé: me solté y con la misma rapidez me agarré al borde de la pared por los pelos.

Desesperada, saqué fuerzas suficientes para levantarme pegada a la pared. Una vez conseguí meter manos y pies en los huecos del muro, pude recuperar el aliento. El polvo estaba desapareciendo, así que busqué a Briar. Ojalá no se hubiera resbalado hacia el agujero oscuro que se abría a apenas unos metros. Decidí que no quería descubrir nunca qué había allí abajo.

Sonreí de alivio al ver al baldo un poco más allá, agarrado al suelo con pies y manos. Cuando me vio, me dedicó una sonrisa tensa y nerviosa.

—¡Ya no queda nada! —exclamó, aguantando las sacudidas—. ¡O eso espero!

Me sentía a salvo en la pared, pero ver a Briar resistir en el suelo me dolía tanta como si estuviera allí con él. Apreté los dientes y deseé con todas mis fuerzas que tuviera razón y aquello acabase pronto.

Los chasquidos de las piedras y los temblores fueron desvaneciéndose poco a poco. El suelo seguía tan inclinado como una colina, pero al menos ya no se movía. Briar miró hacia abajo, sin soltarse. Tras unos segundos, respiró hondo e intentó usar los recovecos de las piedras para ponerse de pie, aunque estaba cansado y el sudor le había pegado el pelo a la cara. Señaló hacia mi pared con un gesto tembloroso.

—Tenemos que llegar a esa sala.

Le esperé: estaba muy cerca ya de la pared, pero temía que Briar cayera por la pendiente si las piedras volvían a sacudirse. El baldo intentaba avanzar todo lo rápido que se atrevía, probablemente pensara lo mismo.

Lo que ninguno de los dos esperábamos era que las losas se movieran una última vez. Los recovecos desaparecieron y las baldosas quedaron tan lisas como una piedra pulida. Briar se agachó para agarrarse a cualquier resquicio, pero sus pies resbalaron al instante. Y sus manos no tuvieron donde agarrarse.

—¡Briar!

Yo aún estaba sujeta con las dos manos en la pared, pero sin pensarlo solté una y me incliné todo lo que pude. Olvidé que podía caer por la pendiente, que a mis manos ya casi no les quedaban fuerzas. Que allí podría terminar todo.

Llegué a tiempo de agarrar a Briar. Sentí que mi fuerza volvía al notar la resistencia de su cuerpo, como si mi inconsciente supiera que había conseguido lo más difícil y que ahora solo quedaba aguantar.

Briar no esperó: me agarró el brazo con su mano libre

y escaló por él. Llegó a mi lado cuando yo ya no podía aguantar más y se sostuvo como pudo a los huecos de la pared.

—¡Por todos los dragones, este lugar es horrible! —dijo con voz desafinada, sin saber si reír o llorar. Cuando me miró, sonrió y apoyó la cabeza en la pared—. Kora, me has salvado la vida.

Apenas tenía aliento para responderle, pero tampoco sabía qué decirle. El baldo recuperó el aire unos instantes antes de mirar hacia la entrada de la habitación que me había indicado.

—Vamos, no quiero que este lugar vuelva a sacudirse...

No podía estar más de acuerdo. Le seguí tan cerca como pude, apoyándome en las esculturas de las paredes.

La sala estaba a oscuras, pero no nos importó. En cuanto cruzamos el umbral y sentimos que el suelo no resbalaba, nos tumbamos a descansar.

—No sé si voy a poder moverme —murmuré. Tenía los ojos abiertos, pero no veía nada en la oscuridad. La mayoría de las antorchas del corredor se habían apagado—. Pero deberíamos comprobar que no estamos en otra trampa...

—Necesito un respiro... —murmuró Briar con un silbido cansado.

Apenas tenía fuerzas para llevarle la contraria. Cuando cogí aire, preparada para levantarme, noté un olor pesado. Húmedo. Me recordaba a la tierra del jardín cuando Nana regaba, pero era mucho más intenso. El ambiente estaba cargado.

Una fuerza tiró de mi estómago y me olvidé del dolor.

Me levanté como pude, intentando adivinar qué era esa sensación tan familiar.

—Briar, ven —le llamé.

Avancé a tientas, mis pasos resonaban. Noté un olor penetrante y, aunque no veía nada, sentía que estaba en el lugar adecuado. Escuché los pasos de Briar a mi lado.

—Voy a encender una antorcha, Kora. Aún llevo algo de tela en el bolsillo...

Asentí, tan concentrada en la sensación que olvidé lo que implicaban las llamas. En cuanto la chispa cobró vida en el suelo, vimos a dónde habíamos llegado.

Era agua. Había tanta como en el oasis, pero dentro de la montaña. Me acerqué a la orilla y cogí un puñado de arena, que estaba húmeda y fresca. En realidad, el ambiente era frío, pero no tan intenso como las noches en las Barriadas. Era un frescor agradable, ligero.

—Mira, Kora. —Briar señaló una pequeña construcción hecha con tablas de madera. Tenía forma ovalada, como un cuenco—. Son barcas. He leído sobre ellas. Son para desplazarse por el lago.

Miré el objeto con curiosidad. Por lo que sabía, no se podía andar sobre el agua. ¿Así que esa cosa...? Me acerqué para arrastrarla sobre la superficie.

—¡Eh! —Briar me agarró—. ¿Pretendes subir en esa cosa? ¡No sabes si va a aguantar nuestro peso!

—¿Estás siendo precavido? —Sentía una calma extraña, una falta de miedo que no era normal en mí. Tanto que me permitía bromear—. Empiezas demasiado tarde.

Algo me decía que allí estaba la respuesta, pero no estaba segura de si a la pregunta que llevaba días haciéndome: «¿Cómo curo a Simón?». En cualquier otro momento, habría sido cauta y me habría alejado, pero necesitaba seguir mi instinto. Miré a Briar, a su expresión insegura, y le sonreí con esa seguridad terca que había aprendido de él.

—Tenemos que intentarlo.

Arrastré la barca a la orilla y la solté cuando empezó a flotar. En cuanto puse los pies dentro y se balanceó con fuerza, tuve miedo. Briar corrió a sujetarla y evitar que se tambaleara. Me miró unos instantes y al final suspiró. Se metió también en la barca y colocó la antorcha en un soporte de metal en el extremo.

—Espero que no nos hundamos en el agua —murmuró. Cogió dos palos de madera que había en el interior—: porque podemos morir.

—Tú eres el sabelotodo, así que impide que nos caigamos.

—Vale —suspiró—. Intenta quedarte en el centro de la barca para que no vuelque. ¿Te ves capaz?

No me esperaba que se tambaleara, así que sentí un vértigo extraño cuando lo hizo, pero me quedé quieta, como Briar me había indicado. Poco a poco, fuimos avanzando por el agua y la barca se movía con un agradable sonido.

El techo de la gruta estaba lleno de dibujos que parecían contar una historia. De nuevo distinguí el castillo de los otros frescos, humanos con atuendos coloridos, dragones volando o durmiendo bajo la noche estrellada. Hubo un momento en que la parte superior de la cueva estaban tan cerca que habría podido tocarlos si hubiera levantado la mano.

Las pinturas eran tan reales, tan brillantes y tan coloridas que una parte de mí se negaba a pensar que alguien se había podido imaginar algo así. Incluso Simón era incapaz de dibujar lo que soñaba con tanta precisión. Me quedé mirando una de las escenas, en la que unas personas le ofrecían a un dragón azul una piedra del mismo color. Incluso parecía brillar.

¿Cómo era posible?

—Briar, ve ahí —le indiqué, sin dejar de mirar en esa dirección.

Briar no preguntó, sino que llevó la barca hasta que nos quedamos justo debajo. Cuando le escuché silbar, supe que él también lo había visto.

—Brilla como el mapa de mi cuaderno —murmuré. Alargué la mano hacia el baldo—. Dame el amuleto que usaste aquel día.

—¿Crees que también hay pintura oculta? —Briar parecía controlar la ilusión. Rebuscó en su bolsa y me dio el talismán—. Ten cuidado, no te caigas de la barca.

Ignoré su pesimismo, estaba hechizada. Con los labios apretados, me estiré hasta que la piedra alargada tocó la luz brillante. Ambas se iluminaron unos instantes y unos trazos de un azul centellante surgieron del punto de contacto y recorrieron el techo.

Los dibujos parecieron cobrar vida para contar la historia. Los trazos perfilaron el mismo dragón azul, pero esta vez se movía… No, ¡nadaba! Su cola formaba ondas en el agua hasta que se detuvo expectante cuando un brillo nuevo apareció por debajo de él.

—Por todos los dragones, ¿has visto lo mismo que yo? —preguntó Briar sorprendido.

Me había quedado sin aire. Claro que lo había visto, pero no solo ahora. En mi sueño, yo cabalgaba ese dragón. Señalé el nuevo punto azul y brillante.

—¿Crees que está relacionado con el punto del mapa? ¿Señalarán lo mismo?

La barca se balanceó cuando el baldo se acercó.

—Un punto debajo de un dragón en un lago… Tenemos el lago. Nos falta el dragón —dijo con una pizca de decepción—. Y yo no pienso hundirme en el agua…

«Nos falta el dragón». La frase de Briar resonó en mi mente y una idea nació en mi cabeza. Cogí mi bolsa y rebusqué en ella hasta dar con mi bien más preciado.

La talla de mis padres. De Simón. Briar lo entendió nada más verlo.

—Kora…, ahí tenemos al dragón —dijo con suavidad.

Lo tenía en la mano, pero negué con la cabeza.

—Es solo un juguete —expliqué, con una quemazón extraña en la garganta—. No tiene nada que ver…

Briar cogió aire antes de responder.

—No perdemos nada por intentarlo. Es de madera, flotará en el agua. Si no pasa nada, podemos recuperarla.

Abracé la talla, como si pudiera escaparse de mis manos. Briar apretó los labios en una sonrisa suave.

—Desde que te conocí, atada y con cara de pocos amigos, supe que serías una compañera estupenda. Sabes la canción de los dragones y, sin duda, aunque tú lo dudes… —añadió—, sabes usar la magia que te rodea. Así que quiero creer que esa talla tiene algo que ver con todo esto. —Señaló el techo iluminado, los trazos brillantes del dragón que esperaba sobre el agua.

Las palabras de Briar me rompieron. Si la Kora del pasado me viera, se habría enfadado por mi comportamiento. Pero estábamos dentro de una montaña, en un templo antiguo, tras haber sobrevivido a una trampa inesperada y en medio de un lago que nunca imaginé que podría existir. Ya nada tenía sentido.

Acaricié el largo cuello de la talla, en silencio, y contuve las lágrimas a duras penas, pues no podía mirar ese juguete sin acordarme de Simón. Bajo la mirada escéptica de Briar, me agaché y dejé la figura sobre el agua. Al principio casi se vuelca, pero se mantuvo en equilibrio sobre la superficie, subiendo y bajando con la marea.

No pasó nada y el silencio que nos rodeaba era denso y pesado. Briar suspiró, listo para dar la vuelta y volver a la orilla.

Su alma tiene un precio.
A restaurar la confianza del dragón solo se atreverían
o un héroe o un necio.

Me estiré y miré a Briar. Me sorprendía escucharle cantar en ese momento, pero tenía la boca apretada, luchando por mantenerse dentro de la barca.

—¿Lo has escuchado? —pregunté. Su expresión desconcertada fue respuesta suficiente. Él no había oído nada—. Era la canción que conocemos, pero la letra…

Un destello azul me interrumpió. Provenía de la talla del dragón, que se había alejado de nosotros. Aun así, distinguí las vetas de la madera, que estaban inundadas por una luz que se reflejaba en el agua y parecía darle vida. Pensé en Simón, en cómo disfrutaría de verlo.

El brillo se apagó, pero de repente un resplandor me cegó. Al abrir los ojos, vi la talla hundirse en el agua a gran velocidad. Como si algo tirase de ella.

—Por todos los dragones… ¡Kora, mira!

El fondo del lago brillaba con aquel tono celeste. El color se extendía y se hacía más intenso a cada segundo que pasaba, como si algo se acercara.

Un estallido de burbujas nos lanzó hacia atrás y la barca se tambaleó tanto que sentí que nos caeríamos al agua. Conseguimos agarrarnos a tiempo y vimos cómo el agua se sacudía con cientos de pompas que ascendían hasta la superficie.

—Briar. —Le agarré de la mano, sin dejar de mirar aquel resplandor. Sentía que desaparecería si pestañeaba.

De repente, todo se iluminó. Tuve que cerrar los ojos y taparme la cara. También sentía una calidez que, a diferencia del fuego, era agradable. Dejaron de oírse las burbujas, el agua comenzó a calmarse poco a poco. Tras unos instantes volvió la oscuridad.

Cuando miré, había algo sobre el agua. Deseé que fuera la talla de Simón; sin embargo, en su lugar vi una especie de roca triangular y plana, como una escama. Parecía sólida, pero era tan ligera que flotaba. Ya no se escuchaba la canción, pero una corazonada me decía que todo eso provenía de aquel objeto, así que alargué el brazo para cogerlo.

—No es seguro tocarlo. —Briar era ahora la voz de la cautela. Apreté los dientes. ¿Así sonaba yo cuando hablaba con Simón?

—Hemos venido aquí por el punto azul. Casi caemos en las trampas... —añadí—. Y aquí lo tenemos. Sea lo que sea, lo hemos encontrado.

No esperé a que replicara y cogí la roca triangular. En cuanto la tuve entre mis manos, noté una calidez agradable, muy diferente al horror que sentía con el fuego. Abracé la extraña piedra, bajo la mirada atenta de Briar, y cerré los ojos.

Noté su vibración, olía la hierba y las especias de Nana. También escuché las risas del gentío de las pinturas. Recordé los frescos de los pasillos, las calles coloridas, el castillo blanco cerca del sol naciente. Me quedé sin aire, porque todo era demasiado real, tanto que se me hacía insoportable. Todo mi escepticismo se había dormido y dejé que mi corazón hablase.

—Tenemos que buscar un palacio, Briar.

Briar enarcó la ceja. Aún estaba decepcionado porque

los dragones no estaban tan vivos como él esperaba. Encogió los hombros.

—No sé, Kora… ¿Tiene sentido? —Al ver que le miraba interrogante, señaló la piedra—. Eso ha salido el agua, vale, ha pasado algo…, pero no significa nada más que magia del pasado.

Supe que no hablaba en serio. Aunque una parte de él quería creerse esas palabras y no llevarse más decepciones, yo sabía muy bien que el espíritu aventurero no se dejaba vencer por un mal descubrimiento. Ahora me tocaba a mí animarle a seguir.

—Siempre me has dicho que podías encontrar cualquier cosa, ¿no? —Mostré una sonrisa fanfarrona—. Pues a ver si es verdad, porque creo que ese palacio es importante. No, ¡sé que lo es!

Los ojos de Briar se abrieron, le brillaban de la sorpresa.

—No puedo demostrar que los dragones existen… —dijo con seguridad—. Pero sí que puedo encontrar todo lo que me proponga.

Sonreí cuando se dio la vuelta. Como me decía Nana: «Las palabras correctas avivan el fuego de cualquier espíritu». Necesitaba recuperar al Briar valiente y sabelotodo.

12

Cuando cayó su líder, los demás huyeron en desbandada

Volvimos a la orilla en silencio; yo abrazaba la piedra, deseando salir de allí y emprender un camino que me llenaba de una esperanza desconocida, mientras que Briar iba sumido en sus pensamientos. ¿En qué momento nos habíamos intercambiado los papeles? Quería convencerle de que la magia de los dragones estaba muy viva, que ese poder ayudaría a Simón, estaba segura, pero la única prueba era el brillo de las piedras.

—Vamos a salir de aquí —musitó el baldo saltando de la barca—. Tiene que haber alguna manera…

Cuando pasamos ante el dibujo de un gran dragón con las patas levantadas, lo señalé.

—Mira, Briar. —Conseguí que detuviera su andar distraído—. ¿Te imaginas lo grande que serían en persona?

—Pensaba que habías encontrado una salida… —Siguió su camino tras mirar la pintura con desgana—. Será mejor que no nos entretengamos.

Supe que debía darle tiempo, como él me lo había dado

cuando la incrédula era yo. Al rato, notamos una pequeña brisa y la seguimos hasta distinguir una luz.

—Mira —señalé una grieta de la pared—. Eso parece el exterior.

Briar se acercó con paso lento y miró por el agujero. Asintió.

—Veo el oasis —murmuró con la voz ronca—. Pero no veo a nadie. Salgamos de aquí cuanto antes…

No esperó a que contestara: se apartó la bolsa y pasó de lado, ya que la abertura era tan estrecha que apenas cabía. Le imité: primero pasé la mochila y, aunque odiaba hacerlo, también tuve que pasarle la extraña escama de piedra. El baldo esperó pacientemente, vigilando, y me devolvió la bolsa y la piedra sin pestañear.

Habíamos salido por la zona boscosa del oasis: los árboles eran de troncos finos y altos, con ramas vivas y frondosas. Olían a vida, como el pequeño jardín de Nana antes de amanecer. A pocos metros se encontraba la laguna y, aunque ahora podíamos escondernos entre los arbustos, desde allí no podía ver si había peligros.

—Quédate aquí —dijo Briar mientras abría su bolsa—. Voy a coger agua, así no tenemos que estar buscando bajo tierra.

Era ágil: se escondía con tanta facilidad que parecía su forma normal de moverse. Aunque todavía estaba oscuro, se acercaba agachado a un arbusto bajo, sacaba la cabeza y comprobaba que no hubiera nadie antes de ir al siguiente tronco. Cuando llegó a la orilla, se agachó para llenar las botellas sin dejar de mirar su alrededor. Estaba cerrando la bolsa cuando se irguió con los ojos bien abiertos. Parecía un animal asustado.

Alarmado, y con algo menos de sigilo, vino corriendo hacia mí.

—¡He visto a las personas de antes! Las de las túnicas y el fuego. Estaba oscuro, pero creo… Creo que también me han visto…

Me enderecé, solo podía pensar en huir. Si nos capturaban, me quitarían aquella extraña piedra que había emergido del agua y que podría ayudarme a encontrar la cura para Simón. Tenía que conservar mi nuevo amuleto, así que lo abracé y noté de nuevo su vibración. Nadie iba a quitármelo.

—Sígueme —dije con seguridad—. Tengo una corazonada.

Briar levantó las cejas sorprendido, pero asintió con cierto alivio. Nos internamos por el bosque, cada vez más empedrado y salvaje. No tenía ni idea de cómo moverme por aquel laberinto de raíces y piedras, pero mis piernas iban solas. Notaba cómo me latía el corazón y, aunque no veía el cielo y apenas se filtraba la luz del amanecer, sabía hacia dónde dirigirme. Había visto aquel lugar en cientos de sueños, resultaba casi natural moverme entre la maleza.

—Creo que les hemos perdido —resolló Briar a mi espalda.

Nos detuvimos, bien escondidos detrás de los arbustos más espesos. Dentro de poco, entraríamos en una meseta sin escondites, así que teníamos que asegurarnos de que nadie veía por dónde huíamos.

Estuvimos en silencio unos segundos, pero a mí me parecieron horas. Escuchamos voces no muy lejos, así que yo me encogí y Briar apretó los puños, listo para atacar. ¿Y si los antiguos compañeros de Briar habían conseguido seguirnos y eran ellos, que buscaban venganza? ¿Y si era el cojo de las sombras? ¿O guardias de la Ciudadela? No tendríamos ninguna oportunidad contra nadie.

Oímos un crujido. Otro más. Cada vez más cerca. Briar se adelantó, con su cuchillo de caza bien agarrado. Yo cogí una piedra del suelo que estaba dispuesta a usar y me preparé para saltar. Lo primero que vimos fueron los pies: iban protegidos con unas sandalias que dejaban ver el color quemado de su piel. Poco a poco, apareció el cuerpo: vestía de azul y, aunque pensé que sería alguien de la Ciudadela, me fijé en que su ropa era una especie de túnica que llevaba bien amarrada a su cuerpo con cinturones de cuerda.

Llevaba un pañuelo enrollado en el cuello y su rostro estaba descubierto. Era una mujer, las arrugas y su pelo negro entrecano no encajaban con lo ágil que era. Sus ojos me llamaron la atención: aunque uno era de un azul tan claro como el cielo de día, el otro era de color verde. Su mirada era dura, como todas sus facciones. Aun así, tenía un brillo alentador: reconocía esa expresión porque la veía en Nana cuando quería infundirnos respeto por los peligros, pero luego nos daba cientos de detalles sobre seres y lugares que no existían.

La mujer se quedó en una de las piedras más altas y observó la meseta, nos buscaba. Estaba tan cerca que la escuchamos suspirar cuando se dio la vuelta y regresó sobre sus pasos. Las voces se alejaron y Briar y yo nos quedamos solos.

Tardamos un tiempo, pero salimos corriendo. Solo yo miré atrás un instante porque una parte de mí quería volver a ver a esa mujer, el brillo de sus ojos, que, sin querer, nos animaba a ser valientes.

No sabíamos bien cómo seguir. El mapa de mi abuela no mostraba ningún palacio ni que hubiera nada más allá del oasis. Briar se encargó de revisarlo mientras descansábamos, con el ceño fruncido y los ojos entrecerrados por la falta de sueño. Lo hacía a regañadientes, convencido de que no encontraríamos nada. Al final se frustró y dejó el cuaderno en el suelo.

—Aquí no hay ningún castillo, palacio, ciudad, ni nada parecido... ¡Nada! Probablemente no sea más que una invención, todo esto no tiene sentido...

No me molesté en responderle: yo sabía lo que se sentía cuando no había esperanzas. Ninguna historia podría ayudarle a creer, pero yo no podía olvidar el interior del templo. Los grabados, las pinturas en las cavidades de la cueva. Él no había escuchado la canción ni había sentido la vibración. Pero sí había visto lo mismo que yo.

—Briar, hemos estado en un lugar que solo me imaginaba en mis sueños. ¿Eres consciente de lo que significa eso?

Chasqueó la lengua encorvado.

—Probablemente sea lo último que queda de los dragones...

Cogió una piedra y la tiró con fuerza, estaba molesto. Dejó caer los hombros y miró el cuaderno con tristeza.

—No quiero creer que la Desbandada fue real, Kora —admitió tan nervioso que no me miraba—. Que todos los dragones se fueron. Pero quizá fue así. Puede que incluso nunca llegaran a existir. Y tú has tenido razón todo este tiempo...

Vi sus ojos tristes, cuando antes estaban llenos de curiosidad. Me agaché a su lado para hacerle compañía. Pese a lo que había visto y sentido, yo tampoco creía que un dragón llegaría volando o que traerían tanta agua y vida como habíamos visto en los frescos. Pero estaba segura de que había algo más, alguna solución. Pensé en Simón, en qué diría él para animar al baldo.

Abrí la mochila y saqué la piedra. Ahora que amanecía, me di cuenta de que no era gris, sino de un azul muy apagado. La sostuve mientras Briar la observaba.

—Esto ha salido de un lugar lleno de agua. Y brillaba. Las cosas no relucen porque sí, ¿a que no? Seguro que es una señal.

Briar parpadeó, estaba un poco sorprendido. Agachó la cabeza y se llevó las manos a las mejillas.

—Gracias por intentar consolarme... —dijo manteniendo la compostura. Recogió el cuaderno del suelo—. Pero será mejor que tenga los pies en la tierra y descubra el camino, si es que ese dichoso castillo existe.

Suspiré. No sabía cómo convencerle de que no perdiera las esperanzas. ¡Ni siquiera sabía si tenía sentido! Abrí la boca para hablar cuando noté un cosquilleo en las manos. Agaché la mirada.

—¡Briar, mira!

Se giró con desgana, pero en cuanto vio el brillo azulado de la piedra abrió bien los ojos y recuperó algo de ilusión. Se acercó.

—¿Qué has hecho?

—¡Nada! —Observé cómo el brillo azulado se iba condensando en uno de los bordes hasta convertirse en un punto—. ¿Crees que hay algo dentro? ¿Que tenemos que romperla?

Giré la piedra y el punto también se desplazó, como si quisiera quedarse en el mismo sitio sin importar las vueltas que le diese. Briar me observaba con atención. Ya estaba a punto de tirar la piedra contra el suelo cuando él levantó la mano para detenerme.

—Tengo una teoría.

Pensé que iba a coger la piedra, pero cubrió mis manos con las suyas. Empezó a guiarme para girar la piedra. Me sentía torpe, como un niño que está aprendiendo a andar y me pregunté si él se habría dado cuenta. Pero Briar solo tenía ojos para la piedra.

—Gira… —Nos movimos juntos, sin dejar de mirar el brillo—. Ahora para el otro lado…

El punto parecía moverse en el interior, como si tuviera vida propia.

—¿Alguna vez has visto una brújula? Mis padres tenían una. —Al ver mi expresión confundida, me explicó—: Es un objeto con una aguja que siempre apunta al norte y te ayuda a saber dónde ir cuando te mueves... Creo que la piedra hace lo mismo, nos guía.

Miré el punto y recordé el color azulado en el mapa, el mismo que indicaba el oasis y el templo en el que habíamos estado. Aquella piedra había salido del agua, me había buscado. Puede que Briar tuviera razón y, por lo que veía, su propia teoría le había vuelto a infundir algo de esperanza. Sonreí, contenta al ver que recuperaba al Briar sabelotodo y hablador.

—¡Seguro que nos lleva al palacio! ¡O al verdadero escondite del dragón! —dijo emocionado. Se aclaró la garganta—. Bueno, quizá solo al palacio —murmuró cauteloso—. Pero estoy seguro de que nos llevará a un sitio que merece la pena.

Le creí: no solo porque parecía ilusionado, sino porque lo sentía en mi pecho, como un hilo que tiraba de mí. Miré hacia el lugar que indicaba la luz. Más allá, según los mapas, no había más que rocas, árboles muertos y tierra seca. Pero pude distinguir un sendero. Por primera vez, tenía un rumbo.

—Vamos allá. Tu familia te espera —le dije.

«Y también la mía», pensé.

No encontramos problemas en el camino, incluso los malos espíritus parecían mantenerse a raya, pero Briar iba con cautela. Fui yo quien comenzó a colocar las protecciones, me fascinaba ver el efecto inmediato de los hilos de plata entre los troncos. Briar se encargaba del fuego sin decir nada: en el templo me había avisado antes de prender la antorcha, así que debía de ser consciente de que me daba miedo. Le agradecía que no me preguntase, aunque con lo curioso que era se estaría haciendo daño de tanto morderse la lengua.

A la mañana siguiente, vimos que el suelo comenzaba a descender y a formar un valle. A medida que salía el sol, empezaron a distinguirse en la hondonada unas ruinas ocultas entre las piedras caídas, los arbustos y los árboles muertos. El color blanco de las paredes, apagado por el paso de los años, destacaba bajo el amanecer.

—Lo hemos encontrado. ¡La guía tiene sentido! —musité conteniendo una sonrisa. Briar también contenía la respiración, aunque sus ojos brillaban igual que cuando se enfrascaba en los cuadernos de mi abuela.

—Podría ser el antiguo palacio real... —dijo, emocionado—. ¿Has escuchado alguna vez la historia de la princesa Jara?

Oí la voz de Nana como si la tuviera a mi lado. No, como si yo estuviera en casa, con Simón dando vueltas alrededor de la mesa de trabajo, mientras Nana cortaba plantas y yo la observaba.

—¿La leyenda sobre el fin de los dragones? —pregunté.

—Leyenda —suspiró Briar—. ¿No has visto ya lo suficiente como para...?

Un sonido metálico que no sabíamos de dónde había venido fue suficiente para hacerle callar y ponernos en marcha. Nos lanzamos de cabeza detrás de unos arbustos frondosos, pero tan bajos que tuvimos que pegarnos el uno al otro. Distinguimos las botas plateadas de un par de guardias, las espadas en sus vainas. Venían del valle y, en apenas segundos, pasaron cerca de nosotros, aunque no se fijaron de lo enfrascados que iban en su conversación.

—Lleva muchísimos años abandonado. No sé por qué se empeña en que vengamos.

—Al menos vamos a poder respirar un poco, cada vez es más difícil vivir en la Ciudadela.

Noté la garganta seca. ¿Qué hacían soldados tan lejos de las murallas? Y peor, ¿había dificultades también en la Ciudadela? Las escaleras siempre estaban impolutas, como sus ropas, las armaduras de los guardias, sus joyas...

Briar me agarró del antebrazo.

—Ya se han alejado. —Ni en un lugar tan remoto como aquel, la Ciudadela nos lo pondría fácil—. Será mejor que nos acerquemos a las ruinas. Seguro que no son los únicos soldados deambulando por aquí.

Descendimos con cuidado, agachados y evitando ser vistos. Como Briar había supuesto, nos cruzamos con un par de soldados más. Por suerte, se les veía venir de lejos con sus armaduras y estábamos tan pendientes que nos asegurábamos de tener donde escondernos.

Conseguimos llegar al valle, donde el paisaje seco disimulaba las ruinas: eran blancas, pese a estar cubiertas de polvo y ramas muertas. Quedaban algunas paredes en pie, pero no eran más que grandes piedras inestables amontonadas. Avancé entre ellas, sin dejar de vigilar por si algún guardia nos veía, hasta que me encontré ante un arbusto. Estaba en medio del camino, como si alguien lo hubiera plantado ahí a propósito, pero me fijé en que tenía un hueco bajo él. Aparté las ramas y encontré las escaleras a un pozo que descendían. El fondo estaba a oscuras, pero escuché el eco cuando varias piedrecitas cayeron por los peldaños.

Llamé a Briar con un gesto de mano. Cuando vio los peldaños, sonrió.

—Las cosas interesantes ocurren en las criptas —dijo—. O eso cuentan las historias.

—Y las cosas malas también —musité, pero estaba decidida a continuar—. Sígueme.

Bajamos los escalones poco a poco, con cuidado de no tropezar. Cuando llegamos al final, solo el eco dejó claro que nos encontrábamos en un pasillo alargado.

El chasquido del pedernal me pilló por sorpresa. Di un salto para alejarme y vi a Briar agachado, formando un montoncito de ramas para que prendiera la chispa. No pude dejar de mirar la llama mientras formaba la antorcha con las telas que llevaba y una rama más rígida. Ya de pie, pese a que todo mi cuerpo estaba tenso, extendió el fuego hacia mí. Me alejé, como si fueran las fauces de un monstruo.

—Voy a tu lado —le dije sin apenas seguridad—. Tengo que llevar la piedra guía, así que…

Briar suspiró y sonrió. Buscó en su bolsillo y esta vez me tiró el pedernal.

—Sé que detestas el fuego —dijo con suavidad—. Pero no sabemos qué hay en este lugar. Simplemente guárdalo, ¿vale? Y quédate cerca de la luz.

Asentí, con el pedernal en la mano. Usamos la piedra guía para saber hacia qué lado dirigirnos y la luz azul, aunque cada vez más cerca del centro, nos mandaba hacia la derecha. Pese a estar bajo tierra, el pasadizo también estaba en ruinas y por algunos puntos se colaba la luz entre las rocas.

El tiempo había hecho mucho daño a aquel lugar, no solo en la superficie: largas alfombras de color rojo decoraban el suelo, tan rotas y sucias que solo las descubrimos porque pisábamos sobre algo blando. Las paredes estaban vacías, sin más decoración que los soportes metálicos para las antorchas.

Poco a poco, el túnel fue creciendo hasta convertirse en un salón con una ventana destrozada al fondo. Me acerqué y retiré algunas piedras para echar un vistazo: se veía el exterior.

—¿Cómo es posible? Hemos bajado escaleras…

Briar se acercó y miró por el orificio.

—A veces construían los castillos sobre montañas, en diferentes niveles. Quizá el valle por el que hemos entrado era la parte superior…

Me sentía tan perdida que tuve que confirmar mi teoría: metí el cuerpo por el hueco, pese al grito de advertencia de

Briar. La visión era increíble: desde allí distinguía la caída de la montaña, pero también las paredes del castillo, mejor conservadas que las del valle. Por lo que pude ver, había más pisos bajo nosotros.

—Esto va a ser un laberinto —dijo Briar al ver que el salón tenía pasillos que iban en direcciones opuestas—. Lo hacían así para que se perdieran los intrusos.

Sonreí, con el pecho henchido de seguridad, y volví a sacar la escama.

—Ojalá tener una brújula, ¿verdad?

La supuesta escama piedra nos ayudó a orientarnos. No recuerdo los giros que dimos, las veces que bajamos y subimos. Al fondo de un corredor, vimos el sol, como si la pared hubiera caído y creado una salida. El puntito azul nos mandaba en esa dirección.

En aquel lugar las paredes eran altas, blancas, parecían más pulidas y cuidadas. Me quité los guantes y limpié la superficie, donde aparecieron unas finas líneas doradas y plateadas que estaban talladas en la piedra. Parecían formar algo, pero había tanto polvo que llevaría horas limpiarlo.

—Kora, mira los techos.

Hice caso a Briar: ahora que llegaba la luz natural, vi que la cúpula mostraba unos espectaculares dibujos llenos de color. No eran pinturas tan rudimentarias como las del templo, sino que destacaban por su delicadeza. Las líneas eran suaves y los detalles eran fascinantes.

—Hay más dibujos que en el templo —comenté, perdida en los dibujos.

Reconocí algunos animales de las exposiciones de la Ciudadela: osos de color pardo, caballos, conejos y ciervos. Corrían hacia el hueco abierto, como si estuvieran vivos y quisieran escapar por el techo.

Mi intuición me dijo que me dirigiera en la misma dirección que ellos.

Entonces vi que se les unían los dragones. Me maravillé al ver el tamaño que tenían en esas pinturas: eran alargados, de colores más vivos que las otras criaturas, de ojos dorados y feroces, y tenían sus alas extendidas. Eran tan parecidos a mis sueños que deseaba dormir y verlos en movimiento, sentirlos cerca.

—Esto es maravilloso —susurré. Briar tenía los ojos brillantes y solo asintió con la cabeza.

Pero las imágenes desaparecieron a medida que avanzábamos, ocultos por las manchas negras que indicaban que había habido un incendio. Las cenizas y la destrucción empeoraban cuanto más avanzábamos hacia el exterior. Me daba miedo acercarme al final del corredor, pues estaba segura de que encontraría algo horrible, pero sabía que era lo que debía hacer.

Briar y yo nos detuvimos justo donde terminaba el pasillo. Y, como había supuesto, sentí un golpe de tristeza: ante nosotros se encontraba una extensa explanada rodeada de paredes y unos metros más adelante volvía a abrirse un pasillo. El suelo estaba en ruinas, lleno de piedras, baldosas rotas y tierra.

—¿Qué puede tirar abajo las paredes y los techos de un

castillo? —pregunté. Me acerqué a una piedra cubierta de ceniza—. Tiene pinta de que fue una explosión.

Briar había dejado la antorcha en un soporte y observaba a su alrededor con los brazos cruzados. Me miró de soslayo, con un brillo temeroso.

—Solo se me ocurre una cosa.

Dragones. Fuego. Un escalofrío me puso la piel de gallina. Allí había algo que tiraba de mí. Seguí andando por las ruinas, intentando entender qué había pasado.

Sentía que tenía que poner toda mi atención en otra cosa, aunque aún no la veía. El punto azul de la piedra que nos había guiado hasta allí se había quedado en el centro. Lo acaricié, como para animarlo a que nos mostrara algo más. La escama vibró en mis manos y a mis oídos llegó una melodía familiar.

Sin jinete, esperanza ni corazón,
Azur cayó en un profundo sueño, condenado por traidor.
Con él se fue la magia; sin él, el mundo enfermó.

En el suelo, entre los cascotes, vi un brillo azul. Briar también, porque se acercó corriendo y comenzó a quitar las piedras que lo cubrían. Le ayudé, desesperada, tenía miedo de que esa señal pudiera desaparecer si no llegábamos a tiempo. La luz se apagó.

No, imposible.

Empecé a entonar la canción de los dragones mientras escarbaba, sin pensar, sin detenerme.

El brillo volvió a aparecer, esta vez con más fuerza. Seguí cantando mientras excavábamos y sentí que algo en el suelo tiraba de mí, como una energía que necesitaba coger.

Fue Briar quien sacó de la tierra un cristal como mi puño, tan brillante como la luna. Alargué las manos, pero él lo soltó y se alejó.

—¡Eso quema, Kora! ¡Vas a hacerte daño!

La advertencia debería haberme detenido. Además, Briar llevaba guantes y yo no, motivo más que suficiente para quedarme quieta. Pero no pude contenerme. Agarré el cristal y, aunque noté el latigazo de dolor, se hizo la oscuridad.

La brisa fresca desapareció. También el calor. Briar. Incluso yo misma.

—Tienes que quedarte aquí. Yo te quiero, te necesito.

Era una voz femenina. Desesperada. Respiré hondo y sentí mi respiración pesada y potente, como un rugido.

«Si me quedo aquí, no seré más que una armadura sin vida, Jara. Mi sitio está en el cielo. En el agua. No entre paredes».

Al moverme, notaba que mi cuerpo ocupaba todo el espacio del patio. Me sentía en calma. Llena de seguridad.

—Puedo mandar construir nidos para los tuyos. Las torres más altas que te imagines. Pídeme lo que quieras, pero quédate.

Pena. También sentía una punzada de tristeza, dirigida hacia la persona que me hablaba.

«Quiero la libertad. Eso es lo único que los humanos no podéis construir».

No era una voz, pero la oía.

—¡No! No puedes irte. ¡No puedes llevarme la contraria!

Lo siguiente que noté fue un dolor afilado en mi pecho. Un rugido que salía de mi garganta.

Y fuego. Llamaradas que salían de mi interior, pero que también me hicieron arder. Intenté liberarme de ellas, pero al hacerlo las contenía dentro de mí y me quemaban con más fuerza. Sentía que tenía que explotar y que no podía. Así que grité, abrí la boca y dejé que todo ese calor se escapase.

Caí de rodillas, me dolía la garganta y me ardían las mejillas. Abrí los ojos y, aunque esperaba encontrarme el rostro de la princesa Jara ante mí, vi a Briar, pálido y asustado.

—¡Kora, vuelve, por favor! —gritaba nervioso. Al verme abrir los ojos, me agarró de los hombros y tiró de mí—. ¡Tenemos que irnos, nos han descubierto!

Todo estaba difuso a mi alrededor y no entendía nada, pero conseguí ponerme de pie gracias al empujón de Briar. Escuché el sonido metálico de las armaduras y las voces de los guardias. Briar me quitó el cristal de las manos y se lo guardó mientras tiraba de mí para que subiéramos por una de las paredes. Antes de abandonar aquel patio en ruinas me di cuenta.

—Briar, ¡nos hemos dejado la brújula!

El baldo miró hacia atrás. Desde allí distinguimos a los guardias, que intentaban llegar hacia nosotros desde la otra punta del patio, aunque les costaba.

—¡No podemos volver! —dijo—. Confiemos en que esa piedra sirva de algo…

Un gran estruendo silenció la voz de Briar y acto seguido vi cómo mi amigo desaparecía entre las rocas. ¡El suelo se había hundido! Intenté agarrarle, pero el agujero se hizo tan grande que también me tragó a mí.

Caí entre una nube de polvo y sentí algo blando bajo mi espalda.

—¡Ay, Kora, me estás aplastando! —gruñó Briar.

Di un salto nada más escucharle. Con el corazón agitado, miré a mi alrededor, intentando distinguir algo entre el polvo: habíamos caído a una especie de mazmorra que tenía unos barrotes oxidados y sucios. El sonido de las armaduras nos recordó que no teníamos mucho tiempo.

—¡Tenemos que buscar una salida! —dije.

Volver por el agujero no era una opción, pues había quedado taponado. Por suerte, los guardias tampoco podían bajar por ahí y, enfadados, volvieron sobre sus pasos para buscar otra entrada. Ante nosotros había dos pasillos.

—Vamos a separarnos —propuse—. Si somos rápidos, saldremos antes de que lleguen.

Briar se había levantado. Tenía la cara magullada, pero asintió y echó a correr por uno de los pasillos. Yo salí por el otro, sin dejar de pensar en los guardias o en el tiempo que nos quedaba.

El corredor era serpenteante: celdas, celdas y más celdas. Todas estaban vacías y no se podía salir por ellas. En cuanto llegué a la pared del final, me di la vuelta para correr de nuevo al cruce de pasillos, sudando y resollando.

Estaba a punto de gritarle a Briar que su camino era el correcto, cuando lo oí gritar. Y, con un mordisco de miedo en el estómago, también distinguí el sonido de las armaduras.

Me quedé congelada, mis pies derraparon por el suelo. ¡La salida estaba en el otro pasillo! ¡Y también tenían a Briar! Pensar en mi amigo me hizo reaccionar; no había tiempo que perder.

Cogí una piedra, la agarré con fuerza y, sin pensarlo dos veces, corrí hacia el ruido. Cuando encontré a Briar, los guardias me daban la espalda. Un soldado sin casco le arrastraba por la camisa con mucho esfuerzo: el baldo no dejaba de sacudirse y de gritar, así que el otro no conseguía avanzar.

Los golpes de las armaduras y los gruñidos de los soldados eran suficiente distracción. Apreté los labios y me acerqué con sigilo. Sentía los oídos taponados de miedo, pero conseguí levantar la piedra y lanzarla a la cabeza del guardia, que se derrumbó con un golpe.

Briar dio un respingo. Estaba dispuesto a salir corriendo ahora que era libre, pero suspiró de alivio cuando se dio la vuelta y me vio. Aunque todavía quedaba un segundo guardia al que hacer frente.

—¡Kora, cuidado!

Briar se levantó y placó al hombre con todo su cuerpo y

este cayó en una celda en ruinas. Yo agarré de nuevo la piedra y la lancé a lo alto de los barrotes destrozados. Aunque no confiaba en mi puntería, la roca impactó donde quería y un pequeño derrumbe encerró al segundo guardia en la mazmorra. Oímos sus gritos al otro lado de una barrera de escombro y polvo.

Briar se giró hacia mí.

—¡Kora! —sonrió sorprendido—. Esperaba un milagro y vaya si ha llegado.

Señalé al guardia, temblando.

—¿Está... vivo?

—No te preocupes, parece que solo está inconsciente —murmuró con la respiración entrecortada. Señaló el pecho del soldado, el cual subía y bajaba por debajo de la armadura.

Asentí, aunque estaba tan nerviosa que no pensé en lo que aquello significaba. Solo sabía una cosa.

—Tenemos que irnos antes de que vengan más.

Briar asintió, recuperando su bolsa.

—Nunca he querido hacerte tanto caso como ahora, chica de las Barriadas.

13

No temas a los nómadas, pues ellos conocen el mundo

Salimos del castillo sin mirar atrás y anduvimos durante lo que pareció una eternidad, hasta que encontramos un buen escondite entre varios troncos caídos. Los guardias no parecían habernos seguido.

Montamos un pequeño campamento y, cuando me dispuse a coger el hilo de plata, Briar negó.

—Los espíritus no salen cuando hay luna llena. —Se tumbó en el suelo. No disimuló su expresión de dolor mientras se tocaba el rostro magullado por la caída—. Espero no haberme roto nada.

—Deja que lo mire —me ofrecí—. Mi abuela me enseñó a distinguir heridas.

Briar clavó las manos en el suelo y apretó la mandíbula mientras yo observaba su rostro. Sentí un enorme alivio cuando vi que solo tenía un rasguño algo hinchado.

—No hay nada de lo que preocuparse —le dije, con una sonrisa sincera—. Pero será mejor que tratemos el arañazo para que cicatrice cuanto antes y no se infecte.

—Tengo hierbas medicinales. —Señaló su mochila—. Te puedo decir qué usar y cómo mezclar…

Mi risotada le sorprendió, tanto que se calló de golpe. Noté cómo me subía el calor a las mejillas.

—Perdona —me disculpé—, pero de heridas y hierbas sí que sé un poco. Mi abuela es una gran curandera. —Cogí su bolsa y busqué hasta dar con una tela alargada que contenía hierbas y flores secas. Admiré su colección—. Tienes muchas que nunca había visto. ¿Esto es llantén? —señalé unas hojas alargadas y finas. Briar asintió sorprendido—. Hace años que no lo veía, no sé ni cómo Nana lo consiguió… —De repente caí en la cuenta—. Oh, ¡mi abuela hablaba con los baldos!

—Eso está claro, ¡porque estas hierbas solo se encuentran en las Tierras Baldías! —Briar me miraba admirado—. Eres una buena compañera de viaje, ¿sabes?

Se lo agradecí con una sonrisa. Mis manos se movieron torpemente entre las hierbas y elegí el llantén y la lavanda, entre otras, para formar un emplasto. Lo coloqué en su herida, cubriéndolo con una tela limpia, y dejé que él terminara de atarlo. Pensé en las sombras y en sus extremidades, y me imaginé que las enfermedades de ese lugar eran así, que Simón tenía una sombra abrazando su pecho y le infectaba cada día más, y que esa herida inocente en el pie podía…

—Briar… —Mi voz se rompió solo de pensarlo—. ¿Esa herida es peligrosa?

Briar me miró extrañado y negó con la cabeza.

—Me has dicho que no está infectada, ¿no? Cada vez me duele menos, así que...

—No —le interrumpí. No podía perder a nadie más—. Lo que quiero decir es si puedes caer enfermo. No como la fiebre de las Tierras Baldías, sino peor... Más enfermo...

—¿Te refieres a una enfermedad misteriosa? —Sentía arcadas con tan solo escuchar aquellas dos palabras juntas. Los recuerdos de Simón se agolpaban en mi cabeza—. Llevamos plata encima. No es mucha, pero para los dos nos sirve. Eso aleja cualquier magia corrupta... incluyendo sus enfermedades, claro.

Me costó entender lo que decía. ¿La plata evitaba ese tipo de enfermedades? ¿Simón y toda la gente de las Barriadas enfermaba por no tener ese metal? ¿Y la Ciudadela lo sabía?

Me sentí impotente y rompí a llorar. Durante unos segundos, olvidé el cristal que habíamos conseguido en el palacio, la visión que había vivido cuando lo toqué. Aunque segundos antes estaba esperanzada, la tristeza me invadió por completo. Perdería a Simón por no tener plata, perdería a Nana por ser incapaz de conseguir el preciado metal y me quedaría sola. ¿Por qué los noblos no hacían nada?

Briar se quedó en silencio. Seguramente estaba tan descolocado por verme así que no sabía qué hacer. Abrí los ojos para decirle que todo iba bien, pero le encontré con el brazo extendido y un trozo de tela en la mano.

—Toma, creo que lo necesitas. —Me lo dio y se quedó cerca—. No es la primera vez que me preguntas sobre las enfermedades misteriosas… y se me da muy bien encontrar cosas —admitió orgulloso—, incluso las que tiene uno dentro. Cada vez tengo más claro que estás fuera de las Barriadas porque tienes a alguien en apuros.

La voz suave de Briar me calmó. Esperó pacientemente a que me tranquilizase, sin dejar de mirarme y con expresión amable, asegurándose de que estaba bien.

—Tengo un… un hermano. —Tragué saliva, porque cada una de esas palabras quemaba en mi garganta—. Mis padres murieron cuando éramos pequeños, así que vivimos con mi abuela. Él… —Sonreí un poco—. Le caerías muy bien. Solo piensa en dragones, en unicornios, en cuentos y en leyendas.

—Parece un chico listo —bromeó—. ¿Desde cuándo está enfermo?

Briar sabía leer a las personas tan bien como a las estrellas. Dejé caer los hombros y agaché la mirada.

—Desde hace un par de semanas. Mi abuela ha probado de todo, pero solo sirve para ralentizar el avance… De hecho, ni siquiera sé si sigue vivo.

Pensar que quizá Simón ya no estaba era doloroso. Pero decirlo en voz alta hacía que el miedo fuera más real. Apreté las mandíbulas, pero las lágrimas caían de nuevo sin control.

—Si no lo estuviera, lo notarías aquí. —Tocó mi pecho con uno de los dedos, cerca del corazón—. Es lo que yo siento con mis padres. Sabíamos que era peligroso movernos por las Tierras Baldías, que buscar amuletos y objetos antiguos nos traería problemas. Nos separamos por culpa de la guardia de la Ciudadela y sé que arriesgaron mucho entreteniéndolos para que yo pudiera huir… —Briar miró las estrellas. El brillo de sus ojos reflejaba la melancolía, aunque su sonrisa de determinación también era real—. Sé que están en algún lugar y será cuestión de tiempo que dé con ellos.

Pero yo no tenía todo el tiempo del mundo.

—Has hecho algo muy valiente al salir de las Barriadas para buscar una cura. —Briar miró hacia mi mochila. Con los guantes puestos, sacó el cristal. Tenía formas rectas y pesaba bastante más que la escama que habíamos dejado atrás, nuestra brújula—. Estoy seguro de que esta piedra nos llevará ante un dragón y responderá a nuestras preguntas… Y, si hay alguna posibilidad de pedir un deseo, te lo cederé a ti.

Noté un nudo en la garganta. Sabía que Briar no estaba seguro de eso, que lo decía para calmarme. Pero con eso bastaba.

—Intentaremos que sean dos deseos —dije—. Para que vuelvas a estar con los tuyos.

Briar miró al cielo con una media sonrisa.

—Han pasado meses desde que perdí el contacto con la caravana… y no he vuelto a sentirme protegido y feliz… hasta ahora.

Sus palabras me pillaron por sorpresa. Le miré, pero él continuaba observando el cielo, con las estrellas y la luna reflejándose en sus ojos. Cuando me devolvió la mirada, vi que hablaba en serio.

—Por eso sé que existen los dragones. Porque me han mandado a alguien que luchará tan duro como yo para cumplir su deseo.

No perdimos el tiempo: dormimos unas pocas horas, hasta que amaneció, y nos dirigimos de vuelta al oasis. Si había algún lugar en el que esa piedra tenía sentido era en el templo, porque de allí provenía el amuleto que nos había llevado hasta el palacio. Durante el viaje, Briar me hizo la pregunta que llevaba esperando desde la noche anterior.

—¿Qué te pasó al tocar la piedra? Brilló un montón y pensé que te había quemado...

Yo le había dado vueltas a esa escena durante toda la noche. Recordaba el dolor que me causó el fuego, el rugido que había salido de mi garganta.

—Vi el palacio, cuando aún estaba en pie. Yo... hablaba con la princesa Jara. La de las leyendas.

—La que condenó a su dragón, sí.

Azur. Su nombre se me había quedado clavado desde la primera vez que Nana contó su historia. No quise decirle lo que realmente pensaba: que me había sentido dentro de Azur. Como si yo fuera el propio dragón.

—Pasó algo... Ella estaba enfadada conmigo, no me dejaba irme. Sentía que iba a explotar si no salía de ahí. Y escuché la canción. Como en el templo. Es tan extraño...

Los ojos de Briar brillaban con aquella curiosidad familiar: si tenía preguntas, buscaría las respuestas. Como él decía, era el mejor encontrando cosas.

—En el templo habrá una explicación.

Llegamos al lago y nos internamos por el mismo bosque seco que el día anterior usamos para huir. Aún recordaba los ojos duros de la mujer que nos buscaba.

El oasis nos dio la bienvenida en silencio: el agua estaba calmada, las ramas se mecían con el viento y frutas de vivos colores colgaban de los árboles. Nos aseguramos, casi una decena de veces, de que no había nadie alrededor: ni esos extraños con túnicas ni los guardias de la Ciudadela. Mis ojos también buscaban al cojo o a los compañeros de Briar, pero no vimos a nadie.

Esta vez fui yo quien nos guio a la gruta. Con un nudo extraño en el pecho, me dirigí a la entrada que tantas veces había cruzado en mis sueños. Siempre lo hacía sobre un dragón, por eso la cueva me pareció enorme y salvaje: era ovalada y aún sobrevivían algunas estalactitas, parecía una boca dispuesta a cerrarse sobre nosotros.

—No te separes de mí —le dije a Briar antes de dar el primer paso.

—No pretendía hacerlo —bromeó torpemente por el nerviosismo.

La entrada conducía a una bajada empinada; en mis sueños todo eso estaba lleno de agua y ahora solo quedaba un reguero cristalino que parecía provenir del subsuelo, como si la laguna tuviera una fuga. Escuchaba el eco del líquido, pero no se veía a dónde se dirigía.

Briar estaba preparado para encender una antorcha cuando distinguimos luz dentro del templo.

¡Los soldados estaban allí! Por eso el exterior estaba tan tranquilo. Los dos nos agachamos por instinto y Briar me cogió de la mano.

—Vamos a escondernos antes de que nos vean… —susurró.

—¡No os vayáis, por favor!

El grito llegó a nosotros aumentado por el eco y acompañado de varios pasos. Briar se quedó congelado, pero yo conseguí levantarme. Aunque no reconocía esa voz, sí su desesperación. Un soldado no hablaría así.

Las luces que estábamos viendo eran antorchas: apenas distinguía el rostro de aquellas personas, pero sí sus túnicas azules. La que se acercaba a nosotros también vestía así y la tela se agitaba a cada paso que daba. No pudimos verle el rostro hasta que llegó a nuestro lado y Briar encendió su antorcha.

Reconocí aquellos ojos, cada uno de un color: era la mujer del otro día.

Nos dedicó una sonrisa suave, sus manos entrelazadas mostraban que venía en son de paz y desarmada. Briar no se movió y yo tampoco: los dos teníamos suficiente experiencia como para no fiarnos a simple vista.

—¿Qué queréis de nosotros? —pregunté con la voz desafinada.

—Llevamos todo el día esperando vuestro regreso —dijo. Su mirada se posó en mí y me estudió con una expresión que no conseguí descifrar—. Todos notamos lo que hicisteis en este lugar. Fue asombroso. El lago sagrado os habló.

Briar y yo nos miramos sorprendidos. El baldo enarcó la ceja y llevó su mano a la cinturilla, donde llevaba su cuchillo. La mujer, aunque lo vio, no pareció preocupada.

—Entiendo que dudéis. Este mundo no nos permite otra cosa —explicó—. Pero quiero que nos escuchéis. Somos nómadas, hemos viajado durante tantos años y por tantos sitios que sabemos bien cuándo hemos visto algo mágico. Os hemos estado esperando a riesgo de que la Ciudadela nos descubriera.

Miré a Briar, que perdió poco a poco las ganas de luchar. Tenía los ojos bien abiertos y despegó los labios para hablar.

—¿Sois nómadas? ¿Desde qué ruta venís?

Yo no entendí la pregunta, pero vi en la expresión curiosa de la mujer que ella sí. En vez de responder, miró sus manos, las llevaba llenas de anillos de madera. Se quitó uno y nos lo mostró: era sencillo, sin más decoración que las vetas grisáceas, pero una se ensanchaba hasta formar un dibujo circular con líneas y cuadrados. Briar se acercó para observarlo mejor.

—Así que del bosque de huesos... —Briar me miró, consciente de que estaba perdida—. Está muy al sur, más que el palacio en el que hemos estado. Es asombroso, pero da un poco de miedo. Los árboles secos son blancos, como el hueso...

Hace días detestaba escuchar historias sobre lugares lejanos y objetos mágicos. Pero ahora, mientras escuchaba a Briar, solo deseaba ir a ese lugar. Verlo por mí misma.

El rugido del estómago del baldo detuvo su perorata. La mujer soltó una risa suave.

—Acompañadnos a comer y os lo contaré todo.

Aunque Briar parecía más tranquilo, yo aún me sentía reticente: acompañamos a la mujer hasta la parte baja, donde se encontraba la luz del campamento, y nos detuvimos en cuanto vimos a una decena de personas de todas las edades y físicos: un hombre canoso con barba y pelo largo; una mujer con la melena tan negra como la noche y una cicatriz en el cuello; otro hombre tan alto que me sacaba tres cabezas y corpulento como una piedra, pero con una sonrisa amistosa…

—Tama, ¿estás segura de que son ellos? —dijo una mujer pelirroja con el rostro lleno de pecas y el ceño fruncido—. Igor ha visto soldados cerca del oasis, quizá es una trampa.

Tama los calmó con un gesto. Tenía que ser la líder, porque el ambiente se relajó al momento.

—Tan segura como que anoche fue luna llena —dijo y nos invitó a acercarnos más—. Disfrutad de nuestra hospitalidad, por favor. Todo lo que los nómadas tenemos es temporal, por eso valoramos los recuerdos que creamos con las personas y a lo largo del camino: el conocimiento. Es lo único que nos llevamos cuando levantamos el campamento.

Briar se sentó, pero yo no. Me llamaron la atención unos

papeles que había repartidos por el suelo. Al acercarme, reconocí el color azul de la tinta mágica, pero también había otros colores: rojo, verde. Me agaché, maravillada.

—¿Es la primera vez que ves este tipo de cuadernos? —Di un respingo al escuchar a Tama—. Se dice que los escribían los eruditos más fieles a los dragones.

—Solo he visto el azul... —Me atreví a llevar la mano a los papeles. Mostraban mapas llenos de bosques y montañas, pero también bocetos de animales mágicos que desconocía.

—Entonces, has conocido el poder de Azur. Este era uno de sus templos, por eso sus mapas muestran esta zona... —La mujer se agachó a mi lado. Me fijé en los anillos de madera, no llevaba ninguna joya de metal—. Los nómadas intentamos que el conocimiento antiguo no se pierda, que la magia no se vaya del único lugar que le queda.

—¿Cuál es ese lugar? ¿Los cuadernos?

Tama sonrió y se apartó la trenza. Se tocó el pecho.

—Nosotros. Nuestra capacidad de creer, de amar y de luchar por lo que queremos. Somos los únicos que conseguiremos que la magia regrese.

Sus ojos tenían un brillo esperanzador. Yo había sentido ese poder en mí durante los últimos días, cada vez estaba más vivo.

Volvimos a la hoguera, donde Briar estaba sentado con el resto de los nómadas, pero todavía estaba atento por si teníamos que salir corriendo. Asentí para tranquilizarle, aunque di un respingo al escuchar un chirrido.

—¡Un laúd! —Briar salió corriendo hasta el hombre canoso que tenía el instrumento—. ¡En mi caravana teníamos uno!

La melodía del instrumento era hipnotizante: nunca lo había escuchado, pero el sonido que arrancaba de sus cuerdas parecía vibrar dentro de mí.

—Tama —la llamé—. Antes nos has dicho que el lago os había hablado. Que habías sentido algo mágico.

—¿Y vosotros no? Porque estáis aquí de vuelta y dudo que tengáis las manos vacías.

Mientras hablábamos, llegaron varios platos de comida. Me sorprendí al ver el color y el tamaño de las verduras cocinadas con semillas. Mi estómago rugió solo con el olor.

—Como os decía antes —continuó Tama—, nos movemos por toda la tierra conocida recolectando conocimiento. Historias. Canciones. Llevo toda mi vida dedicándome a esto, nunca he dejado de moverme. He visto tantas cosas que sé cuándo hay algo extraordinario.

—Entonces ¿crees en los dragones? —le pregunté. Seguía inquieta por los recuerdos de la visión.

Tama me estudió con aquellos ojos profundos y felinos. Distinguí las arrugas en los extremos de sus ojos, su piel estirada y oscura por el sol.

—Estás en uno de los hogares que tuvieron en la tierra, Kora. Los dragones no son cuestión de creencia. Los dragones existen, igual que la luna y el sol, el calor y el frío, y todo lo bueno y lo malo. Son parte del mundo, pero ahora no están y, por eso, la balanza se ha desequilibrado.

Sus palabras me hicieron pensar. ¿Realmente todos creían que los dragones seguían por allí, en alguna parte?

—El conocimiento no ocupa lugar, Kora, y nunca llega tarde… —insistió Tama. Miró al hombre del laúd—. Tadeus, toca la canción de Azur.

El hombre, de pelo rizado y tan blanco como el hueso, asintió.

Reconocí la melodía al instante. Todos los nómadas comenzaron a cantar a la vez.

Una historia he de contar, de cuando la tierra seguía viva
y hombre y bestia convivían en paz;
de la traición que al mundo trajo la oscuridad.

Un reino una vez lleno de esplendor,
por dragones de grandes alas y poderosas garras protegido,
que a su marcha se marchitó y cayó en el olvido.

Eran magia, fuego, ¡viento huracanado!
Nuestros dragones eran vida,
hasta que el destino quiso truncarlo.

Cuando princesa y bestia coincidieron, el palacio tembló.
«Su amistad está condenada»,
anunció el portavoz.

Corrió la sangre, los muros ardieron.
Fue la mano real quien traicionó al dragón,
pero fueron ellos quienes desaparecieron.

Briar y yo nos miramos. El baldo se unió a la canción.

Sin jinete, esperanza ni corazón,
Azur cayó en un profundo sueño, condenado por traidor.
Con él se fue la magia; sin él, el mundo enfermó.

Cuando acabó, sin dejar de tocar, sonrió con un brillo melancólico.

—Mis padres la cantaban a todas horas —dijo.

Pero los nómadas siguieron cantando versos que yo desconocía.

Su alma tiene un precio.
A restaurar la confianza del dragón solo se atreverían
o un héroe o un necio.

Para que el azul alce su vuelo,
un ser de noble corazón ha de reparar el daño,
alguien debe rellenar el hueco.

—Las canciones siempre han transmitido sabiduría de generación en generación —dijo Tama al acabar—. ¿Y qué hay más importante que las instrucciones para despertar a Azur, el dragón más poderoso?

El silencio era vibrante. Emocionante. Noté que me apretaba las manos, que quería saber más. No me hizo falta preguntar: Tama agachó los hombros y alimentó la hoguera.

—Por desgracia, hemos perdido la última parte de la canción. Tenemos tantas versiones distintas que nada es seguro... Pero algo sí que hemos recuperado de antiguos manuscritos. La pieza que falta está dividida en dos: es algo real, algo que encaja en ese hueco, pero también una persona, la elegida para encontrarlo.

Briar me miró de reojo, inseguro. Y yo, que antes era la cauta y callada, hice todo lo contario a lo que se esperaba: me di la vuelta, cogí mi bolsa y me puse los guantes antes de sacar el cristal que habíamos encontrado en el palacio.

Comenzó a brillar con tanta fuerza como cuando lo encontramos.

El revuelo fue instantáneo: todos se levantaron, fue una algarabía de abrazos y de gritos. Algunos intentaron acercarse, aunque Tama fue la primera en llegar con los ojos bien abiertos por la sorpresa.

—¿Cómo lo has encontrado?

Sentí que tenía que decir la verdad. Que podía confiar en esa mujer, en la energía de todas aquellas personas. Miré a Briar, que asintió con una sonrisa segura.

—El lago nos dio una piedra amuleto que nos llevó al palacio de la princesa Jara. Y allí... escuché la canción. Y, al cantarla, el cristal brilló.

Aunque segundos antes todo era un caos, ahora todos

me escuchaban. Se quedaron en silencio, como si necesitasen tiempo para entender mi historia.

—Kora, es mejor de lo que pensábamos. Este es el fragmento —dijo Tama, mirando el cristal. Acto seguido clavó sus ojos en mí—. Y si ha llegado hasta ti es porque tú también lo eres. El espíritu de Azur te ha elegido. Tú puedes despertarle.

En otro momento de mi vida, me hubiera reído. Me hubiera ido de allí. Habría pensado que aquello era una locura, propio de los personajes de los cuentos de Nana. Pero notaba la vibración del cristal bajo mis guantes, el tirón cada vez más inevitable en mi pecho. Solo pensaba en una cosa: despertar a los dragones haría que mi hermano volviera a estar sano.

—¿Cómo podría despertarle? —pregunté con un hilillo de voz.

—Parte de la canción se perdió tiempo atrás, pero tenemos varias cosas claras y una de ellas tiene que ver con el lago. Al fin y al cabo, Azur era el dragón del agua.

Todos miramos hacia la superficie de la laguna, que reflejaba el azul brillante del cristal.

—Empezarás por allí y, aunque no te puedo decir qué habrá después, sí que sé una cosa: Azur te ha confiado la parte más importante de un dragón, su espíritu. Eso es lo que contiene el cristal.

Su espíritu. El que curaba enfermedades. El que podía revivir la tierra. ¿Esa piedra salvaría a mi hermano?

—Mientras tengas el cristal cerca, Azur te brindará todo

lo que necesitas saber. Es lo que los dragones han hecho siempre con sus elegidos. —Tama me apretó el hombro—. ¿Estás preparada?

No. Estaba aterrorizada.

Aunque en realidad no era miedo. Mis piernas temblaban, mis brazos apenas podían mantener el peso de la piedra, pero no quería irme. Al contrario, quería hundirme en esa agua, saber qué vendría después, correr y volver al lado de Simón con la cura y cientos de historias que le harían más feliz que nunca.

Sonreí y asentí.

14

Cuando Azur abra los ojos, la magia retornará a su antojo

El ambiente estaba cargado de emoción: los nómadas querían acercarse al cristal y observarlo, aunque ninguno se atrevía a tocarlo. Lo guardé con cuidado en la bolsa, tenía miedo de que pudiera romperse. Era lo único que llevaría a esa aventura. Ni nada ni nadie más.

Me alejé hasta la orilla del agua cuando estuve lista. Tama y un par de nómadas me habían enseñado lo básico para nadar: mantenerme a flote, contener el aire y moverme. La superficie del lago me transmitía calma y, en el reflejo, pude ver una silueta conocida que se acercaba a mí.

—Odio que tengas que ir sola.

Sonreí al escuchar la voz de Briar. Me di la vuelta y puse los brazos en jarras con una media sonrisa.

—¿Tienes envidia de lo que pueda descubrir? Te lo contaré todo cuando vuelva.

—Seguro que se te olvidan mil detalles…, pero me tendré que conformar —respiró hondo—. ¿Sabes qué? Admiro tu espíritu luchador. Yo estaría aterrorizado de meterme ahí, pero tú... —Y miró al agua, con una media sonrisa—. Haz caso a lo que te ha dicho Tama, eso de nadar y esas cosas. Ahora que por fin tengo una amiga, no me gustaría perderte.

Yo también tenía miedo, pero había quedado en segundo plano. Estaba segura de que no podía evitar esa sensación: estaría ahí, nunca se iría, pero podría hacerlo incluso estando asustada.

—Hago todo esto por Simón, ¿sabes? La talla era suya... Bueno, de nuestros padres —confesó Kora—. Siempre tuvimos un dragón a nuestro lado...

Briar sonrió, con los ojos brillantes. Debía de estar pensando en su propia familia, en especial ahora que habían encontrado a los nómadas, que llevaban una vida tan parecida a la suya.

—Despertarás a Azur, ya verás. Y le contarás a tu hermano tooodo sobre los dragones de verdad.

Asentí nerviosa y emocionada. Cuando me giré hacia el lago, los nómadas empezaron a acercarse a nosotros. Tama me apretó el hombro con suavidad.

—Cuando estés preparada, Kora.

Sabía que el momento era ahora.

Me sumergí en el agua sin darle más vueltas: estaba helada, bajo mis pies notaba el tacto suave de las piedrecitas y, aunque me asusté cuando algo reptó por mi pie, pronto me di cuenta de que eran plantas acuáticas. Poco a poco, dejé de hacer pie, así que tuve que patalear para avanzar. Cada brazada era un pinchazo de lo fría que estaba el agua.

Tama me había advertido de que no podría respirar bajo el agua, que cuando quisiera sumergirme debía llenarme los pulmones de aire y moverme rápido. Chapoteé hasta el centro de la laguna. Cada brazada me costaba más que la anterior, aquello era tan cansado como correr, pero apenas avanzaba. Además, no podía parar a descansar porque me hundía. Continué hasta que dejé de ver las antorchas u oír los gritos de ánimo con los que me habían despedido. La única fuente de luz era el cristal que brillaba a mi espalda.

Tenía que sumergirme para encontrar el camino. Solo tenía una oportunidad: no me veía capaz de subir a la superficie a por aire. Mi instinto me daba mil razones para no meter la cabeza en el agua. Era peligroso, no sabía moverme, ¡podía morir!

Pero también era la única forma de salvar a Simón. Me agarré a ese pensamiento con todas mis fuerzas. Me dio ánimos y, con renovada determinación, cogí aire y dejé que mi cuerpo se hundiese. El ruido y la luz desaparecieron. Noté mis oídos taponados, mi cuerpo adormecido por el frío. Mi instinto quería patalear para volver a la superficie, pero luché contra él: Tama había dicho que la respuesta estaba en el agua. Debía ir al fondo.

Abrí los ojos con la esperanza de ver algo: el cristal emitía una luz tenue, pero el fondo del lago era un pozo de oscuridad opaco. Recordé las inquietantes extremidades de las sombras alargándose hacia mí, tan finas como las arañas que vivían en los rincones de mi casa.

Me entraron ganas de gritar y abrí la boca sin querer. Con ello perdí todo el aire de los pulmones. Me entró el pánico. ¿Y si no aguantaba? Quizá la canción no hablaba de mí. Quizá Simón nunca había tenido oportunidad de curarse.

Iba a morir. Me estaba quedando sin aire y ser consciente de aquello me dejó congelada. Me habían capturado, había enfermado, no habían dejado de perseguirnos, aunque en esas situaciones aún tenía esperanzas de salir y seguir. Pero de la muerte no podría salir. Nana me seguiría esperando, Simón se iría sin poder despedirme de él…

Un brillo azul iluminó el fondo del lago. Provenía de un punto concreto, no muy lejos de mí. Olvidé que no tenía aire en los pulmones, que moverme me dolía, y nadé con las pocas fuerzas que me quedaban hasta la entrada de una cueva.

Lo que vi no podía explicarse sin magia: la luz azul parecía haber tomado forma alargada y serpenteaba delante de mí para indicarme la dirección que seguir. Pocos metros después de entrar en esa cavidad, el camino comenzó a ascender. Aproveché para impulsarme con las paredes del estrecho hueco, pues ya sentía la quemazón en los pulmones, que me avisaban de que me quedaba poco aire.

Subí con desesperación, agarrándome a cualquier saliente. Con el último empujón, sentí que traspasaba una capa y que podía coger aire.

Saqué mis manos y me agarré al borde, con miedo de hundirme de nuevo. Sentí el peso del agotamiento en cuanto estuve en tierra firme. Tosí y vomité toda el agua que había tragado.

Cuando conseguí respirar y recuperarme, miré a mi alrededor. El agujero por el que había salido se encontraba en el suelo. Me levanté, el ruido de mis movimientos formaba eco a mi alrededor y vi dónde me encontraba gracias a la poca luz que emitía el cristal desde la mochila. Era una sala pequeña con una cúpula no demasiado alta. Las paredes, igual que las del palacio y el templo, tenían dibujos desgastados por el tiempo. Eran siluetas de dragones.

Entonces, todas las antorchas se encendieron, esta vez con unas llamas azules y silenciosas. Aún tenía el corazón acelerado cuando distinguí lo que se alzaba en el centro de la sala y abrí la boca de la sorpresa casi sin darme cuenta.

Era la estatua de un dragón. Estaba tallada en un cristal tan azul como el que llevaba en mi mano y tenía muchísimos detalles, desde las garras hasta la cresta que le recorría cabeza, espalda y cola. Era enorme, tan grande como varias casas de las Barriadas. La criatura estaba tumbada, se rodeaba el cuerpo con la cola y tenía la cabeza apoyada sobre las patas.

Iba a acercarme más cuando un crujido resonó detrás de mí: una gran piedra se deslizó y cubrió el pozo de agua por el que había salido, como si fuera una tapa. Fui corriendo hacia ella para intentar empujarla con todas mis fuerzas, pero había encajado tan bien que no se movió ni un centímetro.

Tragué saliva y me alejé, consciente de lo que significaba aquello: era una prueba. Y, fuera lo que fuese, no iba a salir de allí hasta que la completara. Tenía que despertar a un dragón. O quizá una magia dormida.

Temblando por los nervios y el cansancio, abrí la mochila y saqué el cristal; el brillo azul parecía latir.

A mi alrededor empezó a sonar la canción, en una voz suave y melódica.

*Su alma tiene un precio.
A restaurar la confianza del dragón solo se atreverían
o un héroe o un necio.*

*Para que el azul alce su vuelo,
un ser de noble corazón ha de reparar el daño,
alguien debe rellenar el hueco.*

Recordé las palabras de Tama: tanto el cristal como yo éramos el fragmento que faltaba. Si lo tocaba con las manos descubiertas, como hice en el palacio, la prueba comenzaría. Me quité los guantes mientras contenía la respiración, pensando en las posibles consecuencias si fallaba.

Despertar a un dragón. Hacía apenas unas semanas me parecía imposible salir de las Barriadas. Enfrentarme al mundo de las Tierras Baldías. Y, en algún momento, algo tan mágico como despertar a un dragón se había vuelto posible.

Cuando por fin toqué el cristal, caí con fuerza a un mundo que no era el mío.

Esta vez sí podía ver: delante de mí estaba una chica de pelo rubio dorado, tan largo y bien peinado que parecía una princesa de cuento. Y lo era: la princesa Jara. Llevaba un camisón blanco con bordados azules y tenía los ojos hinchados de llorar. Reconocí dónde estaba: en el palacio, el mismo lugar en el que encontré el cristal. Pero no estaba en ruinas y, aunque fuera de noche, los techos dorados y blancos resplandecían.

—Azur, quédate. Te necesito aquí.

Me asusté al ver que la respuesta salía de mi pecho. Estaba enfadada, furiosa. Lo notaba en mi respiración abrasadora.

—Princesa, libera a mi jinete.

—¡La retendré si es la única forma de que te quedes!

Jara estaba desesperada, se sacudía más que movía. Vi que llevaba un gran cuchillo y noté, como si yo fuera el dragón, que mis escamas se erizaban al ver el filo dorado. Azur reconoció el arma: era una daga de Ijide, una aleación de oro y otros metales que podía capturar la esencia de la magia.

—No hagas ninguna locura, princesa Jara. —Esta vez la voz fue más grave, un rugido de advertencia.

Pero la muchacha no entraba en razón. Estaba desesperada por retener a Azur en el castillo. Empuñó el cuchillo y corrió hacia el dragón. Hacia mí. Me revolví, a punto de echar a volar, pero mi cuerpo era muy grande y el cuchillo voló demasiado rápido para evitarlo; mis escamas se fundían bajo el efecto de la hoja.

El pinchazo fue doloroso y sabía lo que pasaría: capturaría mi esencia, mi alma quedaría encerrada. Pero fue peor pensar en mi jinete. Estaba encerrada y me perdería. No había peor soledad que la de un jinete sin su dragón y todo por el egoísmo de la princesa. Por eso abrí las fauces, desesperado y enfadado.

E hice que todo ardiera a mi alrededor, incluido yo.

Salí del trance y me derrumbé en el suelo, la piedra cayó sobre mi pecho. Apenas podía respirar, sentía un dolor intenso en todo el cuerpo, como si yo misma hubiera recibido el golpe. O me hubiera quemado con mi propio fuego.

No tuve mucho tiempo para pensar en ello: de repente, las antorchas azules explotaron en llamaradas naranjas que treparon por las paredes y un calor intenso inundó la sala.

Durante unos segundos, el terror me impidió moverme. Estaba segura de que me encontraba en una de mis peores pesadillas, cuando la fiebre baldía no me dejaba respirar. Solo oía el chillido del fuego y sentía el calor que arañaba mi piel. Las llamas ardían sin detenerse, incluso parecían querer acercarse a mí, escalar por mi cuerpo. Contuve un grito e intenté alejarme de ellas. Pegué mi espalda contra la estatua del dragón, pero no parecía haber escapatoria. Aún sentía la rabia de Azur en mi piel, junto a mi propio miedo.

Tenía que pensar. Sentía que se me acababa el tiempo. Miré a mi alrededor desesperada y me fijé en la estatua del dragón sobre mí: la canción decía que había un hueco que rellenar.

Estaba a punto de encontrar la forma de salvar a Simón.

Vi que por todo el cuerpo del dragón había agujeros con la misma forma que el cristal: uno en su cabeza, otro en su columna, varios en los laterales... ¿Cómo podría saber cuál era el correcto? ¡El cristal podía encajar en todos!

No podía evitar mirar las paredes, por si el fuego se acercaba más o era mi imaginación. La vibración del cristal en mi mano me recordó a qué había ido hasta allí: para despertar al dragón. Si le ayudaba a recuperar su espíritu, todo acabaría. El fuego se marcharía.

Pegada a los pies del dragón, me fijé en el hueco de la cabeza, entre sus dos orejas plegadas. Pensé en que ese fragmento de cristal era parte de su alma, de su vida. La consciencia venía de la cabeza, así que quizá era una buena opción... Me limpié el sudor con un movimiento torpe. El fuego no me dejaba pensar. El color anaranjado de las llamas, el calor que desprendían, los latigazos desordenados...

La cabeza era una buena opción.

Coloqué el cristal ahí. ¡Cabía perfectamente! No sabía qué iba a pasar ahora, pero esperé a que el animal abriese los ojos, a que el fuego amainase..., pero las llamaradas explotaron con violencia y avanzaron por el suelo. El cristal salió despedido, como si lo hubieran escupido, y se dio contra una pared.

¡No, imposible! Grité llena de terror, temblando de la cabeza a los pies, y la desesperación se apoderó de mí.

¿Cómo iba a recuperarlo? Las paredes estaban cubiertas de llamas, si me acercaba...

Pero no tenía otra opción. No había ninguna salida, el humo cada vez era más denso y el calor se pegaba a mi piel. Me centré en el cristal, intentando olvidar las agresivas llamas que se agitaban a su lado. Al dar el primer paso, sentí que perdía el equilibrio, pero continué de pie. Al respirar, mi garganta ardía y notaba el sabor de la ceniza. Otro paso más. Mis manos temblaban, mis piernas parecían de piedra. Aunque no quitaba la vista del cristal, el fuego era demasiado intenso. Recordé mis pesadillas y cerré los ojos, aunque fue peor: sentí que el fuego me alcanzaba, que ya estaba sobre mí.

Caí al suelo: primero noté el dolor en las rodillas y, cuando abrí los párpados, estaba rodeada del color anaranjado de las llamas. Jadeando, me puse a cuatro patas y avancé como pude. Allí el humo parecía menos denso y esa pequeña diferencia fue como una brisa de aire puro. Tenía que contarle a Simón lo que había vivido. Recuperar su juguete, ¡tallarle uno más fiel a la realidad cuando viera al dragón!

Me aferré a esos deseos y avancé poco a poco hasta que el cristal estuvo al alcance de mi mano. Me tiré sobre él, su tacto tan frío que casi dolía. El fuego rugió como si lo estuviera desafiando y una llamarada me cegó y noté un calor intenso. Me llevé el cristal al pecho en un instinto de defender lo único que tenía valor ahora y, con el corazón acelerado, me levanté y corrí hasta el dragón.

Me desplomé al lado de la estatua, con los pulmones ardiendo y mi cuerpo sacudiéndose de miedo. Un picor extraño nacía de mi hombro y de mi brazo derecho, y, cuando miré, distinguí una quemadura entre mi ropa hecha jirones. No tardaría mucho en aparecer el dolor y no quería seguir en ese lugar cuando lo hiciera. Apreté los dientes y miré el resto de los orificios: había uno sobre la columna. En mis sueños, siempre volaba montada en esa zona. Quizá me decían lo que tenía que hacer. Sí, estaba claro. Debía de ser el hueco de la espalda. Entre las alas. Tenía que ser ahí. No podía dejar que las llamas avanzasen más.

Escalé como pude por el cuerpo del animal, agarrándome con pies y manos entre las escamas, hasta quedarme a horcajadas sobre la estatua. Desde allí, las llamas del techo parecían estar a unos centímetros de mí y rugían con violencia.

Sin ni siquiera mirar, introduje el cristal en el hueco con las manos temblorosas. La espera fue horrible. Era el segundo intento, aún quedaban más de cuatro espacios que no había probado. No podía fallar. No podía permitirme equivocarme.

Pero las llamas, en vez de apagarse, ardieron con más intensidad.

Noté cómo una de ellas me tocaba el brazo y me aparté hacia un lado, sin recordar que estaba sobre una estatua y a un par de metros de altura. Rodé y sentí los golpes en mi espalda y en mis piernas, pero también el latigazo de dolor lacerante en el brazo, cada vez más intenso. Confundida, me arrastré hasta pegarme a la estatua del dragón porque el fuego había arrasado toda la sala menos su cuerpo.

Iba a morir. No iba a acertar en la última oportunidad, ¡era imposible! Clavé mis manos en la cabeza del dragón, en sus ojos y su expresión apaciblemente dormida.

—¡Despierta de una vez! —supliqué llorando, pero notaba que mis lágrimas se evaporaban al instante—. ¡Estoy aquí, tengo tu fragmento, pero dime qué hacer con él! ¡¿Qué quieres de mí?!

Pensé en la canción inacabada. En que sería sencillo encontrar el hueco correcto si tuviera toda la historia. Quizá Nana conocía la versión real, pero no le presté atención porque nunca creí en las historias de fantasía. O quizá Simón la tarareaba y yo le ignoraba porque pensaba que mi hermano soñaba despierto más de la cuenta.

Simón. Recordé la última vez que le vi, cómo me dio su juguete. Y yo lo había entregado al lago y nunca lo recuperaría. Quizá Briar pudiera regresar para contárselo y decirle a mi abuela todo lo que había pasado. Nana perdería a sus dos nietos por ser demasiado valientes.

Mi cuerpo se fue deslizando por el suelo, entre las patas de la criatura.

—Por favor, Azur. —Decir su nombre en alto fue extraño, le hizo más real—. Necesito que salves a mi hermano. No me importa morir, pero él... cree en ti. Yo también —confesé, desde el corazón—. ¿Eso es lo que querías oír? ¡Creo en ti! —exclamé con rabia—. ¡Creo en los dragones!

Pero él siguió durmiendo, cubierto de aquel cristal.

El fuego estaba a punto de comerme y apenas podía respirar porque el aire estaba cargado de ceniza y calor. ¿Qué ocurriría si fallaba una tercera vez? El brazo latía con dolor, lleno de ampollas. Entonces me acordé de la canción. No, venía del cristal: vibraba con fuerza y yo sentía el sonido en el cuerpo. Pero era un verso nuevo:

*Lo sabrás con la primera llamarada:
cuando la bestia abra los ojos,
los demás acudirán a la llamada.*

El cristal azul brilló con intensidad, más que el fuego, e iluminó la superficie de la estatua. Una llamarada surgió de entre sus fauces: gracias a ello vi una sombra bajo las patas del dragón y, al acercarme, distinguí un hueco que no había visto antes. Era pequeño, pero por él cabía mi cuerpo.

Sin pensarlo, me arrastré por el agujero estrecho. Seguí mi instinto y dejé que la propia estatua del dragón me protegiera. Cada vez que me movía, sentía una dentellada de dolor en el brazo y el calor era tan intenso que sentí que me derretiría allí mismo. Empapada de sudor, conseguí entrar en aquel espacio tan estrecho, pero sentí pánico de quedarme encerrada entre las patas del dragón y bajo su pecho. El cristal siguió latiendo y, por unos segundos, el calor y el miedo desaparecieron. Observé las pequeñas escamas talladas en esa zona tan sensible del dragón, incluso se notaban algunas venas de sangre fría. Y allí, ante mí y en el centro de su pecho, había un agujero.

El corazón.

—¡El corazón, Azur! —grité por encima de las llamas—. Te falta el corazón.

Sonreí y los ojos se me llenaron de lágrimas del alivio. Elevé la mano y llevé el cristal al único hueco que tenía sentido. Jara le había arrebatado las dos cosas más valiosas: a su jinete y a su esencia. Su corazón.

Yo solo podía devolverle una de ellas y me sentía terriblemente triste por su pérdida, porque solo pensaba en Simón, en todo lo que estaba haciendo por no dejarle ir. ¿Cómo tenía que haberse sentido Azur cuando la persona que más quería había sido capturada y él no podía hacer nada por evitarlo?

En cuanto el cristal tocó el orificio, vibró: el miedo me invadió al pensar que había vuelto a equivocarme, que saldría de nuevo disparada y el fuego me devoraría. Lo sujeté con las dos manos, pese a que el brazo derecho me quemaba.

—¡Tienes que despertar, Azur! ¡Hazlo por Simón! —grité con los dientes apretados, pues creía que el cristal se escaparía de mis manos—. ¡Hazlo por Nana! —El calor era cada vez más intenso, sentía que el fuego también se había colado en aquel hueco, que ardería. Cuando hablé, fue un rugido—: ¡Creo en ti, sé que puedes despertar!

El brillo azul me cegó. Cuando abrí los ojos, todo lo que me rodeaba había desaparecido: las llamas, la estatua, la sala, el aire cargado, el calor sofocante. Estaba rodeada por una espesa niebla azulada y sentía mi cuerpo libre, sin dolor. Estaba de pie entre la bruma y ya no tenía el brazo herido: la piel no solo se había curado, sino que brillaba suavemente.

¿Era el final? ¿Había fallado? El silencio fue una respuesta demoledora. Pensé en Simón y en Nana. En todas las preguntas que les habría dejado al irme a escondidas.

—*Kora*.

La voz surgía del aire. Del suelo. De mí misma. Una figura difuminada por la niebla iba tomando forma: era la estatua del dragón, esta vez bañada en un azul puro.

Me arrodillé junto a sus patas. Estaban frías, pero algo latía. Luchaba en su interior y no iba a dejarle atrás.

—Azur —dije con voz aguda—. Estoy aquí. Tengo tu corazón, lo he encontrado. Tienes que volver…, se lo prometí a Simón —expliqué con una sonrisa rota—. No puedo volver con las manos vacías.

Contuve la respiración al sentir que el cuerpo del dragón vibraba más. Que mis manos comenzaban a notar el calor de su piel, una calidez intensa pero agradable, tan diferente al caos del fuego que no tuve miedo ni por un segundo.

Sus ojos se abrieron, eran tan dorados como el sol, y me miraron con la calma del agua. No me lo podía creer. ¡Había despertado a un dragón! Yo, la que nunca creí en las historias de Simón, ahora era parte de una.

La criatura giró la cabeza para observarme mejor. No supe por qué, pero sentí que sonreía orgulloso. Cuando habló, lo hizo con un rugido que me sacudió todo el cuerpo.

—*Has tardado en despertar, Kora Sparks.*

15
Cuando los enemigos se destruyen en la batalla, alguien más gana la guerra

Cuando abrí los ojos de nuevo, ya no estaba en aquel lugar calmado y húmedo. Cogí una bocanada de humo y recordé todo en un segundo: las pruebas, el fuego, la estatua... Y que yo estaba debajo de ese dragón, viva.

Mis manos aún seguían apretando el cristal: cuando las retiré me di cuenta de que el fragmento había encajado y ahora parecía ser parte de él. El brillo azul se había extendido por cada una de las escamas y la criatura ¡comenzó a respirar! Oía el crujido del cristal al romperse.

En cuanto se movió, tan lento como pesado, me arrastré como pude lejos de sus enormes garras. Las llamas habían desaparecido y bajo el tenue resplandor azul vi que los grabados de las paredes estaban intactos, como si nada hubiera pasado. El techo, en cambio, había desaparecido: se veía el cielo, las estrellas iban desapareciendo para dar paso al sol del amanecer.

Tenía sentido que la cúpula se abriera, ¿no? Al fin y al

cabo, aquel era el refugio de un dragón. Y esas criaturas, como bien sabía de mis sueños, amaban volar.

Azur se sacudió y el suelo tembló con fuerza en cuanto clavó las garras en la piedra. Su pecho subía y bajaba con rapidez, y cada respiración formaba una ventisca en la habitación, tan fuerte que silbaba a mi alrededor. Alzó la cabeza para mirar hacia las estrellas.

—Vuela —susurré con los ojos llorosos. Me acerqué a él sin miedo, pese a que su cuerpo era diez veces más grande que el mío—. ¡Vuela, Azur!

Sus ojos se posaron en mí unos instantes. Estaba cansado, aún débil tras tanto tiempo esperando. Le reconocí de mis sueños, sentía una extraña conexión hacia él en todos mis músculos.

Como respuesta, extendió las alas y levantó un remolino de polvo a nuestro alrededor. Cuando el pesado cuerpo se levantó del suelo, se balanceó en el aire con torpeza, como si cada sacudida de alas le costase todo su esfuerzo, y fue ascendiendo poco a poco.

Mientras Azur aleteaba, vi una entrada abierta en la pared. Pese al polvo que había levantado el dragón, distinguí los frondosos árboles del oasis y el lago.

Crucé la sala tan rápido como me fue posible y, ya en el exterior, vi a los nómadas: se acercaban corriendo hacia mí, sus túnicas ondeando al viento. Llevaban espadas y arcos en sus manos y mi corazón dio un vuelco: ¿iban a atacarlo? ¿Tras todo lo que habíamos luchado? Me habían engañado. ¡No, no lo permitiría! Apreté los puños, dispuesta a luchar con uñas y dientes, pero entonces vi a Briar, abriéndose paso entre la gente.

Él, a diferencia de ellos, me miraba a mí. En cuanto llegó a mi lado, me agarró de los hombros y me abrazó con fuerza.

—¡Por todos los dragones, estás bien! —Le devolví el abrazo, pero mis ojos no podían evitar seguir a los nómadas, que pasaron a nuestro lado sin mirarnos.

—¡Briar! ¡Van a atacar a Azur! Tenemos que parar…

El baldo negó con la cabeza y miró algo que estaba detrás de mí. Me giré y noté un golpe en el estómago cuando vi, no muy lejos de la entrada por la que estaba saliendo Azur, las armaduras de los guardias. ¿Eran de la Ciudadela? No podía creer que hubieran llegado a aquel lugar sagrado.

—¡No! ¡Briar, tenemos que evitar que le capturen, necesita nuestra ayuda!

Al estruendo de las piedras se unió el sonido de los gritos y del metal entrechocando: los soldados se enfrentaban a los nómadas y, aunque ganaban por número y por experiencia, estaban tan asustados de ver a un dragón real que apenas eran capaces de acertar los golpes. Sentí cierta esperanza, pero entonces me fijé en que las piedras que rodeaban el agujero por el que había salido Azur se oscurecían rápidamente.

Reconocía esas sombras. Briar también y dio un paso hacia atrás, sin perderlas de vista.

Se movían despacio hacia el agujero para intentar entrar en él. Distinguí las extremidades y, a diferencia de las que había visto los últimos días, estas formaban cuerpos independientes, con dos puntos rojos que parecían ojos. Solo había visto ese color cuando conseguí huir de las Barriadas, junto a aquel hombre cojo.

—Kosto.

—¿Lo conoces? Suele ayudar a la Ciudadela cuando le pagan bien… Es muy peligroso —murmuró Briar. Su voz temblaba, pero no dejó de vigilar a las figuras oscuras—. Se dice que su anillo es de un dragón que era capaz de controlar a los malos espíritus y por eso le obedecen…

Un estruendo nos hizo volver la vista a la montaña: Azur había alzado el vuelo y había aterrizado en la cumbre. Movía las alas con torpeza mientras sus garras se clavaban en la piedra como podía. Las sombras vibraron antes de abalanzarse sobre él y unos hilos dorados comenzaron a rodearlo como si fuera una red gigante.

Oro. Hilos de oro, de los que atrapaban la magia. No querían matarle, sino algo peor.

—¡Lo están cazando! —grité.

El dragón se sacudió cuando los hilos cayeron sobre él, pero las sombras iban reptando escama por escama, cubriéndolo de negro. Sin dejar de dar coletazos, abrió la boca y un brillo anaranjado iluminó su garganta antes de soltar una llamarada. Escuché gritos de terror, gente corriendo para alejarse de la gran bola de fuego en el aire.

Lo observé fascinada: era fuego, el mismo que yo temía hasta en su forma más débil, pero yo sentía calma y seguridad al verlo salir de aquella criatura tan majestuosa, sentir el calor que desprendía, el temblor del suelo y ver que las sombras se replegaban de miedo. La bola de fuego se dispersó en intensas lenguas que cayeron a nuestro alrededor y, aunque Briar intentó alejarme, conseguí soltarme y correr hacia Azur.

Se me olvidó la herida del brazo y el dolor de mis piernas y recorrí la poca distancia que nos separaba con una agilidad que nunca había sentido. Ni siquiera pensé que no podría escalar la colina, porque en ese momento me sentía tan fuerte que nada me lo iba a impedir. Las sombras que se habían replegado por el fuego volvían a acercarse y ascendían por la piedra cargadas con la red dorada. Me hice con una antorcha aún encendida: no permitiría que subieran a por Azur. Que le tocaran siquiera.

Yo temía el fuego, pero esas sombras lo odiaban. En cuanto las toqué con las llamas, chillaron. Era un sonido agudo e incómodo que empeoraba cuanto más les acercaba el fuego. Me abrí paso entre ellas, como si fueran un lago espeso y negro. Fui rápida, sacudiendo la antorcha como una espada. Notaba que las sombras subían por mis piernas y, sin pensarlo, las pateé y acerqué el fuego a mi propio cuerpo. Aunque eran bestias, sentía su desesperación, intentaban huir de la luz. Una de ellas consiguió ascender por mi espalda, hasta mis hombros. Noté un mordisco tan fuerte que solté la antorcha y solté otro chillido.

—¡No pienso rendirme aquí! —grité ronca por el dolor.

Me llevé las manos a los hombros y sentí el tacto viscoso de la sombra, pero conseguí agarrarla y tirar de ella. Mi piel palpitaba de dolor, pero no me detuve. La lancé contra la antorcha y observé cómo el fuego la atrapaba y la desvanecía.

El resto de las sombras intentaron alejarse de mí como agua del aceite. Aunque todo mi cuerpo temblaba por el esfuerzo, recuperé la antorcha y llegué hasta donde estaba Azur, a punto de caer. Apunté con la llama a la gran masa oscura que luchaba por envolver al dragón con el hilo de oro. Me sentía como en mis sueños cuando montaba sobre su lomo. Ignoré el sudor, el dolor de las sombras que conseguían morderme los pies, y continué bailando con el fuego alrededor de Azur. Mientras, el dragón luchaba para librarse de unos hilos de oro que parecían apretar más y más su cuerpo.

En cuestión de segundos, se oyó otro chillido, pero esta vez de Azur. Sus alas habían quedado atrapadas. Bajé la antorcha y las sombras aprovecharon para ascender por mis piernas. Una flecha, en ese momento, zumbó cerca de mi oído.

Y un fuerte golpe me tiró al suelo y me hizo rodar por las piedras.

—¡Kora!

Abrí los ojos, no entendía qué había pasado. Estaba sentada en el suelo, con las manos llenas de arañazos, y sobre mí estaba Briar, resollando y temblando.

—¡Los soldados nos están disparando! —me explicó mientras me ayudaba a levantarme—. ¡Tenemos que ponernos a cubierto!

Sentí que tiraba de mí, pero me resistí: estaba cerca de

Azur, solo tenía que luchar contra las sombras hasta que huyeran...

El rugido del dragón hizo que me tensara, pero nadie más parecía haberle escuchado. Lo miré, asustada por si estaba más herido de lo que pensaba, pero distinguí, entre las sombras y los hilos dorados, que me miraba.

—*No es el momento.*

Escuchar unas palabras graves en mi cabeza me pilló por sorpresa, tanto que Briar consiguió despegarme del suelo y guiarme entre las piedras caídas, lejos de las sombras y de los soldados. Ya a cubierto, me echó un rápido vistazo: me miró los arañazos de las manos, la quemadura del brazo y tocó las heridas de la cara. Sus ojos brillaban con una expresión que no supe interpretar.

—Te he visto usar el fuego para asustar a las sombras... Ha sido impresionante, Kora —dijo con una sonrisa cansada—. Se cantarán historias sobre lo que has hecho hoy. Yo mismo lo haré.

Briar me dejó sin palabras, solo con un nudo en la garganta. Le creía, sabía que no me mentía, y solo quería decirle que había sido su cabezonería y su conocimiento de estrellas y amuletos lo que nos había llevado hasta allí.

Pero el rugido de Azur volvió a despistarnos: los hilos dorados le impedían moverse y las sombras se unieron hasta formar un cuerpo enorme para poder cargarle y arrastrarlo lejos de la batalla.

—Y ahora tenemos que irnos —dijo Briar.

Sentí el miedo de Azur. El terror de volver a ser capturado. Me había dicho que no era el momento, pero ¿cuándo lo sería? Los nómadas estaban atacando a los soldados y yo tenía la valentía y la fuerza necesarias para enfrentarme a las sombras.

—¡No puedo abandonarle! —le expliqué—. Jamás me lo perdonaría.

—¡Pero tienes que ponerte a salvo, Kora! —respondió. Cuando el baldo me miró a los ojos, pareció entender mi desesperación, porque suspiró. Aunque no estaba del todo convencido, cambió de opinión—: Tienes que ir a por él. Lo sé. Noto que tenéis una conexión que el resto no podemos entender… —Miró a su alrededor, estaba pensando un plan—. Irás más rápido si vas sola. Yo ayudaré a los nómadas con los soldados que quedan y me aseguraré de que no te sigan. —Me dedicó una sonrisa llena de cariño—. Prométeme que estarás bien y que no te pondrás en peligro.

Noté que lloraba. No lo oculté. Tampoco me quedé sin darle el abrazo que quería darle y él me lo devolvió con la misma fuerza.

—Mantente a salvo tú también, ¿vale?

Briar se pareció enjugar las lágrimas con su antebrazo antes de asentir.

—Unos guardias de la Ciudadela no acabarán conmigo, mucho menos cuando los dragones han despertado.

Pensé en su familia. Ahora que Azur había despertado, Briar también podía cumplir su sueño.

—Tienes que irte, antes de que nos descubran. —Briar se separó con desgana, mirando a su alrededor.

Asentí, pero antes de que se marchara le agarré de la mano. Me miró, interrogante.

—Prométeme que me buscarás cuando esto termine —le pedí.

Briar se arregló el pelo y volví a ver al baldo pedante y curioso que conocí el primer día. Si no fuera por él, ni las estrellas ni el cuaderno de mi abuela ni las canciones tendrían significado.

—Kora, soy un explorador. Y encontrar cosas es lo que mejor se me da.

Gracias a Briar, pude evitar a los soldados y escabullirme entre las piedras: las sombras se habían alejado del lago, ocultas entre los árboles y los arbustos. No iban solas con Kosto, sino que también los acompañaban algunos soldados y animales, porque escuchaba varios ruidos y voces. No me costó seguirles el rastro y me escondí entre los troncos cuando los encontré.

Me fijé en el hombre cojo: estaba sentado en una piedra, encorvado hacia delante y apoyado en su bastón. Del anillo blanco salían varias líneas oscuras que se ensanchaban y se unían a las sombras. Estas mantenían a Azur sometido a ellas, pero estaban quietas, como esperando órdenes. A cada lado del hombre, había un soldado.

—Dijiste que no habría resistencia —habló Kosto.

Sentí un escalofrío al escuchar su voz aguda y cansada, y me escondí mejor. Aún recordaba cómo me había descubierto la primera vez. ¿Y si no era una buena idea seguirlos?

Por suerte, alguien respondió:

—Solo ha sido un grupo de baldos mal organizados, pero violentos, Kosto... —El soldado que hablaba estaba de espaldas a mí y mirando a su jefe. Cuando se giró, vi su sonrisa ladina observando al dragón—. Pero hemos conseguido el premio gordo. La salvación para la Ciudadela.

Reconocería esa barba de chivo y pelo plateado en cualquier sitio: era Caius, el portavoz principal de la Ciudadela. Escucharle siempre provocaba una mezcla de miedo y fascinación. Y ahora me sentía igual.

Miré al dragón: estaba hecho un ovillo, con el rostro apretado contra la cola y los ojos cerrados, tan quieto como cuando era una estatua. Los hilos de oro se clavaban en su piel, sin permitirle abrir la boca o las alas, y las sombras se habían cernido sobre él, como una manta a presión.

Quizá, si me acercaba despacio...

—*No lo hagas.*

Volví a escuchar su voz grave. No me hizo falta buscar de dónde venía porque reconocía ese tono.

Era Azur.

—No puedo dejarte así —respondí en mi interior y estaba segura de que me escucharía. Antes de poder dar un paso al frente, sentí mis pies pegados al suelo.

—De todas maneras, Caius, creo que seguimos teniendo problemas...

Reconocí la espesura de las sombras ascendiendo por

mis tobillos y esta vez no llevaba la antorcha. Me agaché para agarrarlas y deshacerme de ellas, pero un par de ojos rojos aparecieron en la oscuridad y di un grito. Me caí hacia atrás al intentar con todas mis fuerzas librarme de esa cosa viscosa y pesada que me atrapaba los pies. Pero estas sombras eran mucho más resistentes que las que habían rodeado a Azur.

Me quedé congelada cuando vi a los dos hombres ante mí: Kosto y Caius. El primero me observaba con un ojo entrecerrado, su nariz deformada y una sonrisa torcida, mientras que Caius me estudiaba con asco.

—Niñita, dije que daría contigo...

—Es la chica que han visto salir de la cueva en la que estaba ese animal... —Caius se agachó y su mano enguantada cogió mi barbilla con fuerza. Intenté zafarme a base de sacudidas, pero apretó más—. Quizá nos sea útil. Si ha despertado a esta bestia, quizá nos traiga suerte con cualquier otra...

—**Vete**—rugió Azur.

Iba a decirle que no podía, que las sombras me tenían presa, pero me di cuenta, por el respingo que dieron ambos hombres, que ese rugido no había sido en mi cabeza. Las sombras también temblaron, Azur se sacudió y su garganta volvió a iluminarse con el fuego. Tenía la boca amordazada, pero consiguió dejar escapar una llamarada que se acercó peligrosamente a Caius y Kosto.

—Kosto, ¡¡detenlo!!

Azur los entretuvo y las sombras se desvanecieron para

apresarlo. No me esperé: me levanté y salí corriendo para alejarme todo lo que pude sin importar los gritos que escuchaba detrás de mí.

No supe cuánto tiempo pasó cuando escuché a mi espalda unos golpes que cada vez sonaban más cerca. Corría sin fuerzas, con la respiración acelerada y las piernas débiles, hasta que caí. Intenté levantarme, pero para entonces los golpes me habían alcanzado y vi una sombra tan alta que me quedé congelada.

Ante mí tenía un caballo: era un animal enorme, de largas patas y cuello ancho. Lo había visto una vez en una exposición de la Ciudadela y se parecía a los unicornios que Simón pintaba. El animal no estaba interesado en mí, pero sí su jinete.

Tama se bajó del caballo de un salto y me ayudó a levantarme, aún alterada por la carrera.

—Tama, ¿qué haces aquí?

—Kora, no tenemos mucho tiempo. —La mujer se agachó hasta ponerse a mi altura—. Sube al caballo, debes volver a las Barriadas y esconderte. Van a llevar a Azur a la Ciudadela, así que nos prepararemos para liberarle allí, en el corazón del reino.

—Pero Azur está sufriendo.

La sonrisa de Tama fue cálida, cercana. Me retiró un mechón de pelo y me observó unos segundos. Noté que había algo que no podía decirme.

—Azur está vivo tras tanto tiempo dormido. Tú has visto su historia mejor que cualquier leyenda que hayamos cantado. Podría haber huido de la princesa Jara en cualquier momento, pero solo se dejó herir porque quiso salvar a su jinete, a la cual ella misma había encerrado.

Recordé la pena de Azur cuando Jara le habló de su jinete, la locura al pensar que la perdería. Ahora lo entendí.

El dragón y yo estábamos conectados por un vínculo que todavía no sabía explicar. No me podían capturar. Si lo hacían, Azur volvería a darles su vida.

—Veo que lo has entendido —dijo Tama y miró al caballo—: Sube a Horizonte. Él sabe llegar a las Barriadas y es el más rápido. Cuando estés cerca, desmonta y él se encargará de volver para encontrarnos. Cuando todo esté más calmado, daremos contigo. Conozco a mucha gente dentro de las Barriadas que está dispuesta a ayudar —añadió con una sonrisa tranquilizadora.

Asentí y dejé que me subiera al caballo. Notar el cuerpo duro del animal me recordó a mis sueños con Azur. Clavé las rodillas y cogí las riendas como si lo hubiera hecho cientos de veces. El brillo de admiración de Tama fue difícil de ignorar.

—Nos veremos pronto, Kora —me dijo, antes de ordenar al caballo que galopara.

Y yo me agarré a sus palabras porque eran la mayor promesa que jamás me habían hecho.

16

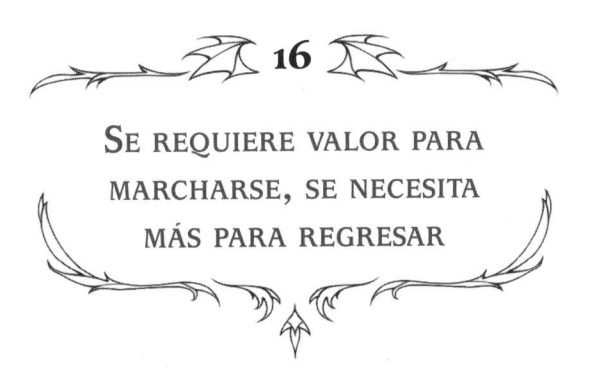

Se requiere valor para marcharse, se necesita más para regresar

Pasé un día completo sobre Horizonte, cabalgando sin descanso. El animal, como Tama había dicho, no se detuvo. No le importaban los malos espíritus que se acercaban a nosotros, pues era consciente de que era mucho más rápido que ellos: los dejaba atrás en apenas segundos sin perder el trote. Al principio pensé que no funcionaría, que las sombras de Kosto nos encontrarían y volverían a capturarme, pero no fue así. Dejamos atrás el oasis, el bosque de árboles muertos, y recorrimos las Tierras Baldías. Miré las estrellas hasta que el sol las hizo desaparecer, pensando en Briar y en todo lo que me había enseñado.

Reconocí las murallas de las Barriadas tras el anochecer, las antorchas eran puntos anaranjados repartidos a lo largo de toda la frontera. Como Tama me había indicado, desmonté del caballo, con las piernas agarrotadas por el viaje, y me acerqué a las murallas a pie. Allí no había ningún guardia vigilando y fue cuestión de minutos encontrar un hueco por el que colarme y, cuando estuve al otro lado, corrí hasta una callejuela oscura. Miré a mi alrededor. No estaba lejos de casa, así que comencé a andar en silencio. Sentí una aflicción que me dolía en el pecho: era el mismo lugar que llevaba viendo años, los mismos rincones de toda la vida, pero ahora algo era diferente. Recordé a Briar, a Tama, a Azur.

No, el lugar no era diferente. Era yo. Todo lo que había vivido, visto y sentido me habían convertido en otra Kora Sparks. Más valiente, más atrevida.

Corrí hasta mi casa, no porque el miedo me pisara los talones, sino porque todavía tenía una misión: volver a ver a mi hermano. No sabía si llegaría a tiempo, pero tenía que contarles todo a Simón y a Nana. Tenía que decirles que Azur había vuelto a la vida, que había cumplido mi promesa de encontrar a los dragones.

Cuando llegué, vi que había luz en mi habitación. Llamé con los nudillos, estaba tan impaciente que solo quería tirar la puerta abajo y entrar. Escuché los pasos lentos de Nana y, cuando abrió, yo ya estaba llorando.

Al verme, abrió los ojos de la sorpresa y me lanzó una rápida mirada de los pies a la cabeza: estaba sucia por el sudor, naranja por las cremas que me había dado Briar para protegerme del sol y mi ropa estaba chamuscada y hecha jirones. Entreabrió los labios y balbuceó algo antes de echarse sobre mí y abrazarme.

—Mi niña, has vuelto. —Su cuerpo era menudo y huesudo, notaba sus temblores nerviosos al moverse—. Estás viva, estás sana…

Mi abuela todavía olía a las hierbas medicinales que usaba, a los ungüentos. Incluso desprendía el terrible aroma del último remedio que había usado con mi hermano la última vez que lo vi.

—Estoy más que viva, Nana —le dije separándome—. Dime que Simón sigue bien. Tengo que contaros muchas cosas...

Los ojos de Nana se oscurecieron. Pude ver cómo su cuerpo se hacía más pequeño con la simple mención de mi hermano. Negué con la cabeza.

—No —musité. No pude evitar echarme a llorar—. Dime que no ha...

—Sigue vivo. Ha aguantado mucho más de lo que esperábamos. Pero apenas tiene fuerzas, Kora... —Pese a las palabras tan duras que pronunció, sonrió con tristeza—. Pregunta todos los días por ti. Que si ya lo has conseguido. Le pregunto muchas veces a qué se refiere, pero nunca me lo dice.

No dijo nada más. Sus ojos cansados y duros, aunque ahora tenían un brillo curioso, sabían leer mi interior sin necesidad de que yo lo dijera en voz alta.

—Ve a ver a Simón, estaba despierto hace un momento... —Cuando pasé a su lado, me cogió la mano—. Le vas a ver muy desmejorado, Kora. Está aguantando mucho, pero todo tiene un precio.

Asentí en silencio, tenía la garganta seca. Mi abuela me soltó y me dejó que me acercara sola a la habitación. Crucé el umbral de la puerta y el olor de las hierbas se hizo más intenso y pesado. Las velas titilaron cuando entré y la luz tenue que iluminaba el rostro de Simón se movió, creando extrañas sombras por la habitación.

Tenía los ojos entreabiertos y me miraban.

—¿Kora?

No estaba preparada para lo que vi, pese a que Nana me había advertido: el rostro de Simón era más enjuto que nunca y los brazos que sobresalían fuera de las mantas eran tan delgados y blancos como el hueso. Tenía el pelo rubio pegado a su rostro, que estaba cubierto de sudor. Me quedé congelada en la entrada por lo que estaba viendo: mi hermano devorado por una enfermedad implacable. Por una enfermedad que tenía la misma fuerza que las sombras que manejaba Kosto o la magia que había despertado a Azur.

Me obligué a acercarme y me senté a su lado. Tomé su mano helada: no llevaba guantes, apenas llevaba ropa, pero ya me daba igual. Simón movió la cabeza lentamente y su mirada se perdió en el techo, aunque dibujó una sonrisa.

—Has… vuelto.

Me desmoroné: se oían pitidos cuando respiraba y no le quedaba ni fuerza para toser. Simón estaba ahí, dentro de ese cuerpo que no podía seguirle el ritmo a su curiosidad. No era justo. Le besé la mano con suavidad.

—Estoy aquí, Simón —dije mientras le acariciaba la palma de la mano. Tragué saliva para evitar que se me rompiera la voz—. He ido a buscar a los dragones, como te prometí.

La sonrisa de Simón se abrió. Sus ojos brillaron tenuemente.

—¿De verdad? ¿Cómo… son?

Me costaba respirar, el pinchazo en el pecho era cada vez mayor. Mi hermano no veía, pero mi voz podrían ser sus ojos.

Pensé en Briar. Ojalá se conocieran. No habrían dejado de parlotear sobre dragones, sobre magia, sobre las estrellas y los jinetes, sobre las escamas y los acertijos…

Yo no era el baldo, no tenía su carisma. Pero sí tenía la historia.

—Son enormes, Simón —le dije sin enjugarme las lágrimas—. Sus escamas parecen piedra y, cuando los miras a los ojos, sientes que ves su interior, pues son tan dorados como el sol de mediodía. ¿Y sabes a quién conocí? A Azur. El de las leyendas que cuenta Nana.

Le hablé del azul brillante que cubría el cuerpo del dragón. De cómo había desplegado las alas, tan grandes como las nubes del cielo, y sus garras eran fuertes como el metal, ¡mucho más, incluso! Le hablé de las sombras, del miedo que me habían dado, pero de cómo había luchado contra ellas. De cómo había vencido mi miedo al fuego.

El brillo de Simón se iba apagando, aunque no su sonrisa. Me estaba escuchando, lo sabía porque su respiración era más agitada, como si viera cada una de mis palabras. Pero la enfermedad le tenía atrapado y no permitiría que saliera a flote.

—Ahora Azur no puede venir. —Me había ido encorvando hacia él hasta quedarme pegada a su rostro, sintiendo su respiración. Ni siquiera me di cuenta de que Nana estaba en la puerta, con los ojos llorosos y tapándose la boca con las manos tapando para no molestarnos—. Pero iré a por él. Y vendrá a ayudarnos. ¿Te he dicho que escucharle hablar es como un terremoto? Hace que te tiemblen todos tus huesos...

La respiración de Simón comenzó a relajarse. Cada vez su pecho subía más lento, hasta que entró en un sueño profundo. Apreté su mano, negando con la cabeza, desesperada. Mi hermano estaba tan débil que nadie sabía si volvería a despertarse.

—Tienes que aguantar un poquito más, Simón... —balbuceé—. Tienes que conocer a Briar, tocar a un dragón... —Cerré los ojos, las lágrimas rodaron hasta la mano de mi hermano—. Todo era cierto. Siento no haberte creído, pero tienes que verlo, tienes...

—Kora.

Nana me sacó de aquel pozo oscuro en el que me estaba hundiendo, pero prefería no sentir nada a la profunda pena que me daba pensar que podría no verle despierto otra vez. Notaba que todo se difuminaba a mi alrededor, que las voces y las luces se apagaban. Aunque todo carecía de sensaciones, el pensamiento que vino dolió como una lluvia de cuchillos.

Simón no podría saber todo lo que había vivido.

Sentí el más pesado de los silencios, uno que no se rompía ni con mi llanto ni con el de Nana. No solté la mano de

Simón, tampoco miré su pecho, porque no quería comprobar si su respiración era débil o ya no estaba.

Había rozado mi objetivo con las manos. Había tenido la vida de Azur en ellas, su poder. Si Caius y sus matones no hubieran llegado, Simón habría conocido al dragón en persona. Habría sanado y nos habríamos olvidado de todo esto.

—Vuela alto con los dragones, Simón —dije y sonreí al imaginar a mi hermano en mis sueños, cabalgando sobre un dragón, observando cada detalle con ojos curiosos.

Solté la mano para abrazarle. Apenas pesaba y, por lo visto, yo había ganado fuerza, porque conseguí levantarle y que la sábana se deslizase hasta su cintura. Deseé pasarle mi calor, mi propia salud, si eso le salvaba. Era mi culpa no haberlo conseguido. Podía haber corrido más. O haber hecho caso mucho antes y haber creído en los dragones con pasión. Aún podía salvar a Azur, pero Simón tenía que esperarme…

Le acuné durante unos segundos, con mis manos hundidas en su pelo, y tarareé sin darme cuenta. Era una melodía rota por el dolor de mi garganta, pero en mi cabeza sonaba la música.

Lo sabrás con la primera llamarada:
cuando la bestia abra los ojos,
los demás acudirán a la llamada.

Apreté el cuerpo de Simón sin darme cuenta y, al alejarlo de mí, vi un brillo azul que nacía entre nosotros. Agaché la cabeza, boquiabierta, y descubrí que provenía de mi pecho. De mi corazón.

Con cada latido, el brillo se extendía por mi cuerpo, brillaba por mis venas, iluminaba todo lo que nos rodeaba. Sentía un calor y una energía descomunal. Miré a mi hermano y acto seguido bajé la vista a mis manos. Ahora lo entendía. Ese poder era el mismo que había sentido al despertar a Azur. Ahora era parte de mí. O quizá siempre lo había sido.

La intuición me dijo que podía compartir ese poder. Que esa luz serían las llamas que alejarían a las sombras que habían capturado a mi hermano.

Con los dientes apretados, empujé esa fuerza hacia mi hermano y la luz tembló antes de lanzarse hacia el cuerpo de Simón. La enfermedad luchaba con uñas y dientes, pero yo seguí insistiendo. Vibré, gruñí, arañé dentro de mí, con la fuerza de un dragón, con sus fauces.

Había salido a un terreno peligroso y absolutamente desconocido. Había luchado contra soldados armados, ¡contra sombras! Había despertado a un dragón tras enfrentarme a mi mayor miedo.

Vencer a una pequeña sombra encerrada en el cuerpo de mi hermano era demasiado fácil después de todo aquello.

La batalla terminó con un gran destello. Escuché un grito de mi abuela, un gruñido de mi propia garganta. Instantes después, todo terminó.

El brillo de mi cuerpo había desaparecido. El azul de mis venas se retiró hasta que no quedó nada de él. Solo quedaba mi respiración agitada y la expresión sorprendida de mi abuela, apoyada en el marco de la puerta.

Cuando miramos a Simón, sentí su calor en un cuerpo más pesado y vivo. Su piel tenía un color más sonrosado. Cuando abrió los ojos, me miró. Reconocía su brillo, la felicidad en sus mejillas enrojecidas por el esfuerzo. Levantó las cejas, medio sorprendido y medio emocionado.

—He soñado con dragones, Kora —dijo con su voz llena de vida y energía. Se giró para mirar a mi abuela—. ¡Eran enormes, Nana, como tú decías! Y rugían, muy fuerte…

Se calló al ver que las dos estábamos llorando. No lo entendía, parecía que todos aquellos días en la cama no habían existido para él. Que las sombras habían capturado su cuerpo, pero los dragones habían protegido su mente.

—Cuéntanos más, Simón —le dije llorando de alegría—. Dinos todo lo que has soñado.

Epílogo

No muy lejos de allí, en la Ciudadela, una niña pequeña corría por unos pasillos que estaban prohibidos incluso para ella: Dalia, la princesa del reino de Eldagria.

Había descubierto las mazmorras unos meses antes, cuando exploraba por los pasadizos secretos del castillo. Aquellos calabozos eran un lugar oscuro, tenebroso, y siempre vacío.

Corría por los pasillos laberínticos, observando los armarios llenos de armas oxidadas, de cascos que se ponía en la cabeza y que pesaban tanto que hundían sus hombros, cuando oyó un ruido. Se sobresaltó, pero decidió buscar el origen en el pasadizo.

El eco hacía resonar cada paso que daba. El sonido que había oído cada vez era más claro, así que siguió buscando celda por celda, hasta que llegó a una gran sala que en el centro tenía lo que parecía una jaula enorme. Era tan grande que las antorchas no iluminaban toda la habitación, pero en la penumbra distinguió una enorme figura oscura. Contuvo el aire, consciente de que estaba viendo algo peligroso y sintió que se le congelaban las manos.

El ruido que había escuchado antes se volvió más intenso. Pero no era un eco. Era un terremoto, una vibración tan fuerte que casi se cayó al suelo. Gritó de la sorpresa y, al dar un paso atrás, su espalda chocó contra el aplique de la antorcha. Esta cayó y rodó por el suelo hasta la celda.

Junto a los barrotes, vio una figura alargada. Dalia se giró y se apartó rápidamente. Tardó unos segundos en ver que quien había dentro era un joven de ojos claros, pálido y con el pelo rubio sucio. No dejaba de mirarla, con las manos extendidas hacia ella.

—¡Eh, pequeña! ¡Libéranos! ¡Por favor!

Dalia no tuvo tiempo de contestar. Otro gruñido bajo retumbó en las mazmorras y, entre las sombras, la figura que había visto se convirtió en un cuerpo de color azul intenso, tan grande como alto era el techo. Frente a él, la niña parecía una hormiga. Unos ojos brillantes y dorados se abrieron, como dos fuegos encendidos, y la pupila se alargó hasta convertirse en una fina línea que la miraba con atención. Parecía listo para atacar.

El corazón de Dalia se aceleró. Sabía lo que era, sus padres le habían enseñado libros con dibujos, pero eran cosa del pasado. De leyendas.

Nunca se había imaginado que, como en sus cuentos, la princesa daría con el dragón.

Una historia he de contar, de cuando la tierra seguía viva
y hombre y bestia convivían en paz;
de la traición que al mundo trajo la oscuridad.

Un reino una vez lleno de esplendor,
por dragones de grandes alas y poderosas garras protegido,
que a su marcha se marchitó y cayó en el olvido.

Eran magia, fuego, ¡viento huracanado!
Nuestros dragones eran vida,
hasta que el destino quiso truncarlo.

Cuando princesa y bestia coincidieron, el palacio tembló.
«Su amistad está condenada»,
anunció el portavoz.

Corrió la sangre, los muros ardieron.
Fue la mano real quien traicionó al dragón,
pero fueron ellos quienes desaparecieron.

Sin jinete, esperanza ni corazón,
Azur cayó en un profundo sueño, condenado por traidor.
Con él se fue la magia; sin él, el mundo enfermó.

Su alma tiene un precio.
A restaurar la confianza del dragón solo se atreverían
o un héroe o un necio.

Para que el azul alce su vuelo,
un ser de noble corazón ha de reparar el daño,
alguien debe rellenar el hueco.

Lo sabrás con la primera llamarada:
cuando la bestia abra los ojos,
los demás acudirán a la llamada.

Agradecimientos

Si has llegado hasta aquí, es porque estás deseando saber qué pasa con Kora y Azur. ¡Pronto lo sabrás! Solo quiero agradecerte el haber podido compartir contigo la historia del reino de Eldagria y de su magia dormida.

Este proyecto ha sido una aventura de principio a fin y, como toda buena historia, no es lo mismo si no recorres el camino acompañado.

Mi primer agradecimiento es para mis editoras, Victoria, María José e Isabel: habéis sido el mapa, las constelaciones y las luces de este proyecto. Gracias por vuestras recomendaciones, vuestros consejos y, sin duda, vuestros comentarios llenos de ánimos y de grititos de emoción.

Un eterno gracias a mi faro en todas mis historias, mi pareja, Cristian: por todas las ideas que me das, por llenarme de motivación cuando el impostor hace acto de presencia y por estar ahí apoyándome en todo el proceso. Todas mis novelas tienen un poco de ti, y Kora y sus compañeros no son menos.

Y, para terminar, quiero mencionar a mis amigas. En toda aventura alguien tiene que recordarte el valor que posee todo lo que haces, y ellas son esa llama que a veces necesito. Gracias a todas vosotras, por leerme, por preguntarme y por ser parte de este sueño que es la escritura.

Y a ti, lector, porque das vida a todas las historias. ¡Espero verte pronto entre las páginas de los libros!

Este libro se terminó de imprimir
en el mes de mayo de 2025.

LA CIUDADELA
LAS BARRIADAS
LAS TIERRAS
LAS GARGANTAS
DEL GIGANTE
EL DESIERTO
MUERTO
ANTIGUO PALACIO
N
O
E
S